# 幽思难忘

——缅怀我的至亲和师友们

曾庆存 著

科学出版社

北京

## 内 容 简 介

本书不是科学著作，而是对一个专注于科学工作的学者得以成长的人文环境的叙述。特别是作者对亲人、领导、老师、同学和朋友的生平及生活往事加以回忆记叙并加上一些注释，成为一册，名之为"幽思难忘"。借以虔诚表达作者对他们的感激之情，并用来鞭策自己，不许懈怠。本书前五篇是纪念已作古的亲人，后八篇是缅怀已作古的领导、老师和同学挚友。其中有八篇的主体部分及三篇的部分内容，曾在报刊中发表过，并被多种报刊大量转载（例如"和泪而书的敬怀篇"就有从黑龙江到广东的不少报刊转载，在德育和做学问等的教育上起了示范作用）。本书中除新写的几篇外，对其余各篇都做了大幅的事例补充（因原文过于简略），内容充实，更富情感。

本书可供对科技史、科学家群体、大气科学等感兴趣的读者阅读参考。

### 图书在版编目（CIP）数据

幽思难忘：缅怀我的至亲和师友们/曾庆存著. —北京：科学出版社，2023.6

ISBN 978-7-03-075819-4

Ⅰ.①幽⋯ Ⅱ.①曾⋯ Ⅲ.①回忆录–中国–当代 Ⅳ.①I251

中国国家版本馆 CIP 数据核字（2023）第 109720 号

责任编辑：韩　鹏　崔　妍／责任校对：张小霞
责任印制：赵　博／封面设计：图阅盛世

科学出版社 出版
北京东黄城根北街 16 号
邮政编码：100717
http://www.sciencep.com

**北京建宏印刷有限公司印刷**
科学出版社发行　各地新华书店经销

\*

2023 年 6 月第 一 版　　开本：720×1000　1/16
2025 年 2 月第三次印刷　　印张：14 3/4
字数：300 000

**定价：168.00 元**
（如有印装质量问题，我社负责调换）

# 前　言

  2004年8月,《中国气象报》的记者冉瑞奎拟采访我,事先送来了采访提纲,共十三个问题。当时我因口腔不适,不便开口说话,就对这些问题逐一加以简洁的笔答,送回给该记者。对其第十一个问题的回答如下：

  "很多人和事都对我有很深或重要的影响,如毛主席及其《论持久战》,太史公司马迁及其《史记》,残疾人作家奥斯特洛夫斯基及其《钢铁是怎样炼成的》等；我的父亲（曾明耀公）和我的前领导、中国科学院前院长卢嘉锡公等。我有幸有好的双亲和家庭亲人,读书时代有众多好的老师和同学,在工作中有众多好的领导、同志、同事、朋友、学生,所有这些保证了我总算还做出了一些有益的工作。

  人生往事虽只如过眼烟云,但要检点起来,总不能说没有遗憾的时候或事物,对于我来说,不能及时报答双亲,未能登上学术上的珠峰之顶,就是一些。前者已矣,不可挽回了；后者仍可追,老骥伏枥,壮心不已,尚可略为弥补。当然,'语不惊人也便休',自有后来人,尚堪自慰。"（见《攀上珠峰踏北边》吴国良等编注,中国科学技术出

版社，北京，2005 年）

是的，我确实很幸运，有这样好的双亲和家庭亲人，有众多好的老师和同学，有众多好的领导、同志、同事、同学、朋友和学生。我对他们怀着深厚的真情。对他们的大恩大德、支持和帮助，我感激不尽。在工作的间隙，每每会情不自禁想起他们，我内心又无限遗憾地觉得没有及时做出应有的成绩足以报答国家、报答他们的厚望，怅然久之，更鞭策我奋进，直到而今。

适值这二三年来，同志们帮助我分类整理堆积如山的资料时，收集到我对这许多好人的一些写记和纪念文章。我对旧物凝思，旧事历历在目，心潮涌动，久久不能平静。特别是他们中的许多人今已作古，报答已无及了。于是特将这些俱已作古的亲人、领导、老师、同学和朋友的资料编辑起来，加上一些注释和新写的几篇，成为一册，名之为《幽思难忘》，借以再次虔诚表达我对他们的感激之情，并用来鞭策自己，不许懈怠。

本书前五篇是纪念已故的亲人，后八篇是缅怀已逝的领导、老师和同学挚友。但有些篇没有附照片，因我从来不注意收集，一时也找不到合适的，很遗憾。

吴琳、张莉、靳江波、曾晓东等同志对本书有关材料做了精心收集，张莉同志又做了进一步整理和录入；中国科学院大气物理研究所档案室王丽华同志提供了本书所收入的绝大部分照片（否则将会全部是空白）；刘莉同志对本书进行审核和编排加工；科学出版社韩鹏编审做了精心的编辑，使之得以出版。谨此一并表示衷心的感谢。

曾庆存

2022 年 1 月

# 目　　录

◇ 前言　/ i

◇ 和泪而书的敬怀篇
　　　——怀念我的双亲　/ 1

◇ 纪念我的岳父母　/ 21

◇ 给四姐的信（节录）
　　　——怀念我的四姐曾庆芳　/ 27

◇ 远方通信
　　　——怀念我的兄长曾庆丰　/ 39

◇ 为了轻装的写记
　　　——纪念我的发妻卢佩生同志　/ 83

◇ 缅怀世界杰出科学家和中华忠厚长者卢嘉锡院长　/ 117

◇ 缅怀我国"两弹一星"元勋和大气物理学动力学大师
　　——赵九章先生　/ 127

◇ 沉痛哀悼恩师谢义炳院士　/ 137

◇ 叶笃正先生的生平与学术思想介绍
　　——缅怀恩师叶笃正院士　/ 153

◇ 纪念故乡诸革命老前辈　/ 165

◇ 忆故乡母校的师友们　/ 181

◇ 悼罗运铢同志　/ 191

◇ 为周晓平文选出版而写
　　——悼念我的同学和挚友周晓平同志　/ 215

# 和泪而书的敬怀篇

## ——怀念我的双亲

我永远怀念着我的双亲、兄长和启蒙老师。没有他们的抚养、栽培和教育，我是不可能成长的。对于他们，我常有负债的心情，总希望能在他们在世时报答万一。可是时不我待，我的双亲、兄长和绝大部分启蒙老师都已辞世，想报答已无时日了。每想到这里，我都追悔莫及，悲不能已，只有默默鞭策自励，一生都不要辜负他们的辛劳。

我的父亲曾明耀、母亲曾杨氏（小名杨五）都是憨厚朴实的农民，我小时候家贫如洗，拍壁无尘。双亲率领我们这些孩子力耕陇亩，却只能过着朝望晚米的生活。深夜劳动归来，皓月当空，在门前摆开小桌，一家人喝着月照有影的稀粥——这就是美好的晚餐了。然而双亲不怨天，不尤人。父亲只读过点私塾，母亲还是文盲，他们算不上知书之辈，却是达理之人。虽然家徒四壁，然而慷慨大方、通礼乐济。每遇村里婚丧，父亲总要格外奔波数日，尽量礼厚一点前往庆吊。屋园果熟，他们从不摘挑上市，一任村中男女老少采食。碰到小孩急从树上爬下时，父亲也着急起来，连忙柔声语道："随便吃吧，不要慌！莫跌下来，要不爷娘要难过的。"种得特别好的稻谷和蔬菜，父亲总要选来育种，并把种子分送乡亲们，盼来年有好收成。面对父亲种种憨痴，母亲从无半点愠容。父母的躬身力行，潜移默化，就这样在我们儿女辈的幼小心灵中深深铭刻着为人的道德规范。需要说明的是，上面诸如"拍壁无尘""朝望晚米"、"月照有影"等词语，绝非我现在的杜撰，而是我儿时父亲由乡间民语提炼而成，并由我在小学时写进日记中的。

记得父母亲和诸叔婶分家那年，父亲愁上加愁，好不容易从外面借到一石谷，作为全家尤其是抚育我们这群嗷嗷待哺的孩子们的全部安家费，可是我哥哥曾庆丰已届入学年龄，于是双亲毫不迟疑，想尽办法送哥哥和我上小学。其实，我那时还小，只是双亲日夜在田间劳动，无暇照顾，只好让我哥充当起学生兼"阿姨"的角色，带着我上学堂——就这样我以非正规的方式进入了学生时代。父亲也和我们一起在读小学课本，只不过是业余的，他是多么向往着读书而又无计求学的呀！我们放学回来，先到田间和双亲、姐姐们一起劳动，待到太阳西坠，或至夜黑满天星斗之际，或是朗月当空之时，才收工回家。晚餐毕，我们早已困倦不堪，然而双亲却精神抖擞。母亲操作家务和准备明天的劳动；父亲手执火把，和我们一起温习功课，督促我们做作业，这对他来说，应该说是在上自修夜校。看到我们的语文作业或造句不满意，他会提出他的见解，点拨我们；在做算术题时，他则操作算盘核对。有时我们困得不由自主，下巴突叩桌面，他就在我们头顶上给几个"菱角"（"菱角"是乡下语，意为手指屈曲敲击头颅时发出像掰菱角那样的清脆响声），无奈的痛楚又让我恢复到清醒状态。就这样，我们上交的作业是一笔不苟、一题不错，而且在小学程度的学堂生的文句中还带着点贫苦老农的思虑。对于这对打着赤脚、衣衫褴褛而又循规蹈矩、学习用功的学生，教师颇为疑惑，于是他们不顾自己的身份体面，突破当时界限分明的成规，亲自到穷乡家访。当了解到真情之后，惊讶、感动、同情，随之而来的就是给我们以关心和帮助，师生间的感情已像水乳交融在一起了。期末，老师对我哥哥的书面评语是"老成练达，刻苦耐劳"，对我的评语是"天资聪颖，少年老成"。虽有过誉，不过大概也是老师的真实感情流露，多少客观地反映出我们当时的某种情态吧！"老成"、"老成"，我们那时还只是小学三年级的学生呢！后来，我父亲还得到别的某种恩遇，可以几乎无偿地到学校里挑肥——这对农夫来说是非常实惠的，当然，这是后话。

这众多的启蒙老师中的一位是陈淑贞老师。她是日寇侵占广州后逃难回家乡阳江的。她学问渊博，对学生的眷眷之心和循循善诱，使我们班每个同学都从内心深处喜欢她，佩服她，爱戴她。特别是她开明、不拘泥于成规习俗。有一次，她藐视早上升旗、训话仪式，带着全班同学，顶着晨雾，一路上有说有笑，豪迈地登上附近的最高峰"望瞭岭"（其实是一个山丘，只因那时年纪小，眼前事物无不高耸庞大，自然是高峰了）。站在山顶上，旭日东升，晨雾消散，那山脚下不远处的县城，大街小巷，楼房树木，如栉比一般，历历在目；村外有村，山外有山，绿野平畴，江流如带；还有那高耸入云的远山，空阔连天的大海。得见这样广大的世界，大家指点江山，跳呀，唱呀，现在我也无法形容当时心胸的突然开阔所带来的快乐。忽然间，陈老师指着遥远天边的一个黑点，说那是船，要我们细心凝视它的变化。渐渐地黑点由细变粗，开始露出船桅，终于显出船身。于是她讲起了地圆学说，还讲了岛屿、海盗和日寇的侵略，告诉我们轰炸县城和学校的炸弹就是由海上飞来的日本侵略军飞机投下来的。诱导自然而然，在我们的幼小的心灵中播下自然科学和民族义愤的种子。可是至今我也不知道她这次是否因犯了校规而受到处分。还有一次，是重阳节，她不带我们去热闹的北山看纸鸢比赛，而是到附近山丘，寻找那早已荒芜的"流杯池"，给我们讲述王羲之、《兰亭集序》和曲水流觞的故事。也许她在抒发思古之幽情，也许意在熏陶后辈的风雅——那时我们班同学大多数的习字格（北方叫描红）正是"惠风和畅"，"曲水流觞"！遗憾的是陈老师只教了一个学期，便又因时局吃紧而匆匆西迁去了。当我得知时，难过了好几天，上课也无精神，梦里频频出现她的身影，真是余音绕梦，迷迷糊糊，喃喃念着"惠风和畅，……"，似诗非诗，似叹非叹。确实，她如和畅的惠风，经久地吹拂着我脑海的清流，从童年到现在，时而皱起阳春的涟漪，时而掀起连天的波涛。我永远怀念着敬爱的陈老师。可是那次一别，就杳无音信，至今不知她在哪里，祈求上苍赐她长寿！

穷学生的生活确实酸辛。"做牛做马"大约是个形容词，而对于我们（至少是我哥哥）来说，却是实实在在的。春耕时节，家贫无牛，哥哥就执行牛的任务，在前头背荷并手拉着绳索，父亲在后面扶犁倾铧，我则随后伛偻着搬泥块。冬天，作为全家主要生计来源的是在一块旱地上种菜。放学回来，兄弟两人的任务是从很远的水塘一担担地挑水，再一勺勺地淋浇到一棵棵菜的根上。水冷衣单，就着黑夜星光照路，兄在前，弟在后，前呼后应，或者背书有声，也不知经过几十个来回，终于可以收工回家。我是用父亲为我特制的矮桶挑水的，而那护菜用的疏木栏杆式的园门槛，高几与胸齐，要挑着水跨过它不是易事，我难免有人仰桶翻之时，双亲知道了也难于加责，而我膝盖上的累累伤痕更是数不清。

然而贫也不减其乐，我们可以享受"三余"。一是"夜者日之余"：每当我们做完作业之后，父亲就拿着小柴枝，在地上练起大字来，他晚

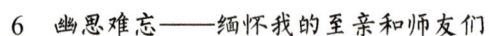

晚如此，一直坚持到辞世前不久。如若我们还未疲倦已极，他还一边练字一边讲解如何运笔用力，甚至把手示范。尽管那笔势是他匠心独运的功夫，不见于经传，我却是得益匪浅的。二是"阴雨者时之余"：特别是台风过境之日，狂风挟着暴雨，把全家人封锁在屋里。漏串千行，父亲若有所思，忽然说道："久雨疑天漏"，要我们对对子，我随即应声道："长风似宇空"，父亲虽不无赞赏地说有几分少年英气，却嫌对欠工整，说："迅雷讶地崩"也许工整些，不过他自己也不满意。继续研谈下去，从自然到人事，父子兄弟竟然联句得诗："久雨疑天漏，长风似宇空。丹心开日月，风雨不愁穷。"（注：1988年2月春节期间，我回家探亲，父亲还背诵这诗，并在昏暗的灯光下写在蜡黄色的土纸上；并按我的请求，把他早年作和写的玉沙村上社门楼的春联以及我作的一首诗，还有刘禹锡的《陋室铭》也另纸书写了。当时他已八十三岁了。这些字至今是我最珍贵的纪念品）。三是"冬者岁之余"：家乡冬耕忙碌，本无余暇，不过时有寒潮，偶有霜冻。风扫寒林，脚踩霜地，身随风栗，脚痛钻心，别有一番风味，不觉成句："寒风刺骨的冬天，各种虫儿地底眠，翠木繁花皆冻死，苍松挺立在山边。"这当然不能说是诗，完全是孩子的幼稚造句，还文言白话混合，不过它是我的第一个习作，也凝聚了父亲多年的心血。

父母爱子之心，至深至微，可是我小时候不大能够体会。新中国成立了，县人民政府派车送我们全班毕业生去广州考大学，这是做梦也想不到的事，大家的豪情快意不言而喻。清晨，大家在车站列队，等候上车。突然间，我发现父亲在远远的对面站立着，很久很久，他终于移步走到我面前，说声："这是你的墨砚，你忘带了。"便把墨砚塞进我衣袋中，然后低头走开了。当时我竟然语塞，只是傻低着头。车开了，我看到父亲仍然木立望着我们，直到车转了弯，才见不到他的身影。我和哥哥上了广州，又上了北京，一去五年，无忧无虑，我的身高也由不到 1 米 50 长到超过 1 米 70，却不知爷娘思儿心碎、望儿心切。1957 年留苏前月，我以十分喜悦的心情回乡省亲，傍晚到家乡，只见父母倚门而待。我疾趋而前，这才发现双亲已经白发苍苍了。双亲抚摸着我的头，好久才说了句："你都长这么大了，好想你呀！"他们的声音是控制着的，倒是我忍不住失声哭了起来。我对不住你们呀，双亲！我这时才明白，没有双亲对我异乎寻常的抚育教养，多病、多灾、多难的幼小的我不可能数度化险为夷，生存下来，更不可能学有所成，报效祖国。后来我也得知，父母亲也曾患过重病，唯以不断呼叫着哥哥和我的名字而自慰，用极不寻常的坚强和毅力，制服了病魔。父母亲的坚韧不拔永远激励着我。每当我生病或者遇到困难时，父母亲的形象就出现在我面前，总是咬紧牙根，顶硬上，否则就不是曾明耀夫妇的儿子。

注

本文原载于中国科学院编的《院士自述》一书，题目是编者所定。该书初版是 1994 年。本文是怀念双亲和小学老师陈淑贞，写成于 1993 年。由于约稿时该书编者限定每文 3000 字左右，太过简短。今补充一些材料，如下文。

故乡阳江是古高凉县和中唐前高州驻地，巾帼英雄冼夫人及其后代治所中心，离珠江三角洲和广州不算太远，虽经济文化远不及后者发达，可也算是有长久历史和有文化氛围之乡。村中农民男人一般都受到二三年训蒙教育（即读私塾），识字（甚至会写信）和识数记（甚至会珠算）。

我父亲也是如此，他虽生性至孝和好学，温文尔雅，从不说粗言，很有中华传统的道德情操，但他没有继续读书的可能，因为他父亲早逝，他虽已结婚，未及弱冠之年，就得务农当家，维持他的祖母、母亲和二弟二妹等这一大家庭的生计，经理弟妹的婚嫁。他和两个弟弟分家后，他的祖母和母亲相继去世，而他自己则有八口之家，所以他一直得天未明即起，到子夜而睡，克勤克俭，劳碌不堪，早白头。所幸苍天赐他一个健康身体，坚毅意志，不染恶习，又能安分守己，长期坚持。更幸遇城中一小学校长陈炳濡先生，得到指点和关心，使他坚决送我兄弟俩上县城中的小学读书，并亲身严加督导。这同时也等于他自己在读学堂的夜校并养成夜读的习惯，除用心保持中华传统的道德文化修养之外，耳濡目染，又学得些初等的科学知识。结合他耕田种菜的亲身经验，使得他能自出心裁，改进"犁田晒霜"等耕作技术和一些自悟到的选种育种方法。这也使他后来在为家庭生计之窘而边耕田边训蒙的两年期间，能兼采私塾和学堂之课本与讲学方法以教学生（以上两点均见本篇附录二）。在此期间他白天教生员，天未明和傍晚后作主要的农耕劳动，而早上入城卖菜和白天主要时段的田间劳动则由我母亲和姐姐承担。我们兄弟课余也劳动。这样的生活虽艰苦，但全家其乐融融。

父亲一直保持好学的习惯和对人好济乐施的德行。每年春节期间，他都自备纸笔墨为村中很多人家书写春联。他的种种善行使得玉沙村七社（七个分隔的村）尤其是我家所在的上社人们都很敬重他，很乐于帮助我们。

父母亲的品行、辛劳和对我们兄弟的倾心关怀和教育，深深影响着我们兄弟，铸就了我们兄弟的灵魂性格。尤其是忠孝两字，忠于国，孝于亲，在难于忠孝两全时，先忠于国。我们兄弟二人虽知家里缺乏劳动力，双亲毅然让我们响应党和国家号召报考大学，远离家乡到北京，一去四年，继而又再西北行万余公里赴苏联留学。我们也心不自安。好在先后有恩师谢义炳教授和知己张镡同学慷慨解囊相助，两年后我哥哥结婚，又由我嫂嫂蔡书第给我们父母亲按时寄去生活费，解决我们的忠孝兼顾问题。不过，我们离家万里，父母亲强忍困难痛苦，思儿心切，其情境是难于言表的。

我于1960年夏有事从莫斯科回国顺便回家探亲，惊见父亲变得又瘦又小又弱，夏天穿着我大学穿了五年而转给他的棉袄，一问才知道1959年冬他患病月余，项脊上连生了五个脓疱疮（俗名砍头疮），白天夜里，只能俯伏床上，背朝上，以棉裤撑着脸面，脓血俱下，污染了整条棉裤；靠着我母亲每天从地里寻挖的一大盆蚯蚓和附近一个土中医采摘的野生草药一起敷治，强忍着，以轻声呼叫我们兄弟二人的名字当呻吟，奇迹般地活了下来。听到他和母亲的讲述，我真心碎，真悔不该当初那样铁石心肠远行而不顾父母。后访那位恩医，他只说我父亲命大，有天神相救；那病本是十有九不医的，何况又那样严重且时间长。那棉袄棉裤本是我初到大学时国家发给我们这些新生的，穿了五年后到苏联留学之前，我转给了父亲，免他冬寒。想不到它和我母亲挖得的蚯蚓及土中医采摘的野生草药一起，竟然成了父亲当时救命之宝。

我母亲是个十足的典型普通农村妇女，平凡而伟大的母亲，只知田间耕种之劳动、料理家务和养儿育女，无怨无尤。我母亲心地非常善良，我家和叔婶虽分居，但我母亲和妯娌以至村中妇女关系很和洽。那时候穷苦乡下的女孩子是没有名字的，家里只以排行第几呼叫，例如我姥爷（外公）和姥姥（外婆）就叫我母亲为阿五。出嫁后村里人就叫她为某某（丈夫名字）嫂或某某婶。如在文字上出现，则写某某氏。

例如我母亲就写曾杨氏。

我小时体弱多病，母亲很怜爱我。我常夜晚做完作业就头晕，她总背我上床睡觉，抚我睡着才离开而干未了的活儿。有好几次，夏天全家到门前树下食粥（早餐和午餐合起来只此一顿），摆好桌凳后，我回灶前端着盛粥的瓦盆出来，一转弯就头晕跌地，盆破，粥洒泥土，父母也不加责，只好饿着。因为母亲疼我，我成为家中最能和她窃窃絮语的人，常和她讲些我在学校学得的关于卫生方面的初等知识。这对她太重要了，也起了作用，因为她也体弱多病，不识字，干活无暇自顾，不知病，更没有机会看病。

1966年我哥哥在农村"四清"和劳动，因染瘟疫落下肝硬化不治之症而回京，须要人照顾，父母很心疼，就让母亲上京帮助，虽然很辛苦，不过母亲得见儿孙和儿媳妇，也很高兴。因怕母亲太担心，我们没有将哥哥病情的危重程度告诉她。到了1972年春，有一天后半夜，哥哥突然大出血，嫂嫂急送至北医三院抢救，母亲步行一小时许到我处告诉我，于是我夫妇立即护送母亲回住处，即到医院看望哥哥，签字为哥哥动大手术。所幸哥哥镇定，大夫及时做了大手术和救治，哥哥得以捡回一条命，真真切切地是死去活来，经月余才脱离险境。然后我即出差公务，由嫂嫂和母亲护理了三个多月，哥哥始得出院归家。此后哥哥镇定自若，我也常常去看望，给母亲和哥哥嫂嫂一点安慰。1979年，因父亲和弟弟家里也需要人手照料，于是母亲又得回阳江。我则蒙党和政府的关怀照顾和培养，于1980年12月到外国访问讲学交流一年。谁料母亲于1981年9月病逝，时我尚在国外，只得含泪写下祭母亲诗当作唁电寄回家。父亲则于1991年10月辞世，其时我也在外地出差，也只得于1991年10月写祭文，1992年写祭父亲诗电传回阳江。今祭父亲电文稿已找不到，只好把这两诗作作为本篇的附录一和附录二，加上父母亲唯一的一张合照（也是母亲唯一的一张照片），另加附录三"曾明耀简介"（挂于阳江一中图书馆中"明耀庆丰阅览室"）和附录四、五（关于父亲墨宝复印件）当作纪念。

2021 年 3 月

# 附录一　祭父亲

（1992年1月15日）

父亲仙魄净无尘，光泽长留世少伦。

一贯言行当道义，万千辛苦育新人。

不知白首坚儿志，未有青云答父恩。

为国时铭严教训，天涯遥奠血成文。

**注**

父亲于1991年10月26日辞世，时余在京开会，未克奔丧，唯电传祭文而已。其后因工作忙甚，未曾与阳江家人联系。至今突然受命出差广州，始与阳江通电话，得知正逢父亲灵位上祖先堂之典礼，岂父亲有知，思儿心切耶？不觉泪下，成此数句，用电话口授，由在阳江的我弟曾庆材记录之以祭父亲，悲夫！至于父亲生平，实为完人，余于祭文中有所道及，字字真切，非虚言也。本祭诗盖其梗概耳。

# 附录二[1] 祭母亲

（1981年9月）

重洋远越雁飞颠，哀报慈灵已上天。

艰苦未酬劬劳养，奔腾戴孝执征鞭。

针针触目缝衣线，阵阵惊心嚼指年。

待到凯旋归故里，紧鞍双泪洒灵前。

**注**

　　母亲辞世，时余在美国，接到噩耗时正值要乘飞机出发到另一大学做报告（借用"执征鞭"以比喻），悲痛难言，强忍伤心，即书此寄回祭母，计寄到之日当属七七四十九日之期矣。余幼多病体弱，母亲历尽辛苦育儿成长，眷眷之心，无时不在，无所不至，恨余运蹇，竟未能一日以报母亲劬劳养育之恩，心有愧有憾焉。岂料树欲静而风不止，时不我待，母亲已先于我反哺之日而去矣，悲夫！

---

[1] 此二诗及注均载于拙诗集《华夏钟情》，作家出版社，2002年。

# 附录三　曾明耀介绍

曾明耀（1905～1991）广东省阳江市玉沙村上社人，贫农，家世历代务农。上过私塾，因家贫而辍学，虽躬耕以维持家计，犹以各种方法自学不已。粗通经史，深明大义，善书。在务农实践中，对农业技术之改进、选种、育种与栽培方法之改良，颇多心得与贡献，乡人多获其惠而不知其为始创者。如改进冬季"犁田晒霜"法，先犁田，再灌水浸，约一周，淹死土中害虫，然后"晒霜"，冻死余下的害虫；或甚至直接进行冬耕。又如与宏中中学陈炳霈校长合作，在阳江大面积冬种番茄等。曾因家计之窘而边耕田边训蒙，兼采私塾和学堂之课本与讲学法以教学生，乡人尊称之为老师。平生仗义，明理乐济，乡人咸敬誉之，有口皆碑。有感于受教育之重要与读书之不易，与妻曾杨氏艰苦奋斗，言传身教，倾全力教育庆丰等子弟向学，勉以爱国、为民、正直、勤劳、坚毅，夜执火把督导做作业，使之学有所成，报效祖国，至今为乡人传颂。

注

该简介文为我和我的同班同学罗运铢斟酌起草写成，悬挂于广东省阳江市第一中学图书馆"明耀庆丰阅览室"壁上。该阅览室为利用曾庆存捐赠其"何梁何利"科技进步奖奖金而建立的。阅览室的数千册科学书籍是由罗运铢精心挑选并历尽艰辛亲自到各出版社和书店购齐的。

## 附录四　父亲曾明耀墨宝四幅

　　1988年春节期间回老家省亲时，父亲应我所求而在夜晚油灯之下，用三十二开的土纸（当地用竹浆制成）写了这两幅字。一是父母兄弟联句诗，另一是刘禹锡《陋室铭》。后来在本世纪初阳江市征集书法作品以作选集，我将父亲这两张字投稿，被录用并发表了。父亲不是书法家，也不是有意而作，叫作"两张字"较为妥当。此即墨宝（一）和（二）。1988年春节期间，父亲应我请求还写了另一张字，即墨宝（三）。右边为玉沙村上社的村门楼作的春联，是由我父亲和村里人家（叔侄们）研讨后拟定的，都是好话，意为本村风水好，有凤凰来栖；年丰喜庆，有贵人高车驷马出入。后门楼因风灾毁倒，没有重建。联中"地舆"为一时之误写成"地以"。左边是我1983年"故乡行敬酬阳江父老、领导"四首诗之一。此外，父亲每年都义务给村中许多家庭写春联，笔墨是我家自备，有些写春联的红纸也是我家义送；我哥和我小时未离家乡时，常为研墨汁和做帮助工作。1991年父亲病重时，我回故乡侍疾，发现他写春联的一张底稿，即带回北京，今亦附于此，即墨宝（四）。

## 父亲曾明耀公亲笔书写的"父子兄弟联句诗"墨宝(一)

久雨疑天漏
长风似宇空
丹心闲日月
风雨不愁窝

曾明耀

## 曾明耀公墨宝(二)

山不在高有仙则名水不在深有龙则灵斯是陋室惟吾德馨苔痕上阶绿草色入帘青谈笑有鸿儒往来无白丁可以调素阅金经无丝竹之乱耳无案牍之劳形南阳诸葛庐西蜀子云亭孔子云何陋之有

曾明耀

## 曾明耀公墨宝（三）

玉沙地以楼鸾胜
上社年丰结驷高
龙尧山雄守海门
汉江水秀树楼鸾
物华人杰时时在
应使家乡世共尊

## 曾明耀公墨宝（四）

瑞气迎祥来吉宅
和风送福入华堂
福禄寿三星拱照
天地人一体同春
门迎春夏秋冬福
户纳东西南北财
天增岁月人增寿
春满乾坤福满门
人增福寿
春满乾坤

曾明耀曾杨氏夫妇合照。1965年初夏曾庆丰归家省亲时摄于玉沙村上社家门口

1985年3月于阳江县政府招待所合影。
左起曾庆材（四弟）、曾庆芳（四姐）、曾明耀（父亲）、曾庆存

和泪而书的敬怀篇——怀念我的双亲　19

1988年2月于阳江县玉沙村上社家门口合影。
前排左起林俏霞（弟媳）、曾明耀（父亲）、卢佩生（庆存夫人），后排左起曾庆存、曾庆材（四弟）

1988年2月摄于阳江县玉沙村上社家门口。父亲曾明耀公和孙子们。
前排左起：曾晓东、父亲曾明耀、曾繁能，后排左起：曾宏、曾中、曾清

纪念我的岳父母

我的岳父卢泽尧和岳母周漱珠,两位都是品德高尚、医术精湛的医生。分别出生于广东东莞市东坑农村及其邻近村庄,毕业于上海某医科大学(或学院)和广州某医学专科学校。两人从医于东莞、广州和江门等地,服务于当地城乡人民,深得百姓称赞,有口皆碑。二老的品德言行和对儿女的言传身教,深深铭刻在我先夫人卢佩生的心中,塑造了她的品德和举止言行,使我深受其惠。更不必说岳父母直接对我的关怀帮助,他们是我的大恩人。可是他们两人在上世纪八九十年代即分别作古,而佩生亦于2011年初春病逝。痛失这样好的亲人,令我悲伤长叹不已,我无时不在怀念他们。

　　佩生在2007年夏至2011年初重病住院期间,我所在的研究所的许多同事和学生自发值班,轮流在她床边协助护理,令她十分感动。世上好人多,一方有难,八方支援,大爱无边,是中国人民自古以来就有的优良传统。2007年至2008年间,民间掀起"感恩父母"、"回家看看"的热潮。许多人都在讲述自己父母之爱的故事,电视台也大加宣传,佩生在病床上仔细地倾听后,激起了共鸣,就对护理她的同事张凤(我的研究生，获博士学位后留所工作）讲述一些自己父母的故事，并说病好后一定要写一篇关于她的父母亲的文章。张凤听后很感动，鼓励她先治好病再动笔，同时，也将此告知我，我也很感动。可是佩生的病反复发作，日渐沉重，终至不起。大家的悲痛自不待言，而她写父母故事的遗愿，也只能由我代为完成了（参阅本书《为了轻装的写记》最后几段）。自然，我也十分感念岳父母的大恩大德，也有许多话要说。很惭愧，由于专心工作，我对岳父母生平事迹的了解，只限于佩生向我讲过的事迹以及我曾在岳父母身边的亲身见闻，今只能将这些点滴所感所知写下来。

东莞地处广州和香港之间，位于珠江三源之一的东江下游三角洲与山间丘陵地带，农工商业等经济和文化教育都较发达。佩生父母虽出生成长于乡村，但东坑靠近广九铁路，交通方便，信息发达。故二人强烈向往到大城市去学习近现代的科学技术，但当时他们的经济条件供不起上大学。结婚后，女方为了实现男方的理想，十分勇敢和坚毅地挑起重担。她跪求族长，愿意变卖自己的嫁妆作为男方到上海求学的最初的经费，开明的族长很感动，于是男方的求学得以成行。随后，女方到集镇做助产士的助手工作（这在当时当地可算是最重要最急需且实用的现代化医学工作），得到经济收入用来供丈夫继续在上海求学。后来，她以自己一篇出色的作文报考广州某妇幼医科学校并被录取，她边读书，边作助产士助手。毕业后，她独立开设诊所，并招聘了东莞家乡农村妇女桂兴婆做助手。两人奔走于广州和东莞城乡间为产妇做新式接生工作，从而有了稳定经济来源供夫君安心在外求学至毕业。这期间难免会碰到难产事件，对产妇和接生的助产士（医生）都是很大的风险，发生了一些艰苦难忘的故事。不过基于她俩异于常人的胆识、高超的技能和热心的态度，总能化险为夷，是以远近闻名。有一次，一大户豪强人家有非常急困的难产者，紧急催促周淑珠和桂兴婆二人到家，却在门头架着枪，对准产房，名曰"压邪"。实则是：若有不测，即将"鬼"、产妇和医生一起射杀。此际，医生和助手二人十分镇定，从容入室，工作数小时后奇迹般地使婴儿诞生，母子平安。此事给这医生和助手留下永生难忘的后怕，多次向佩生道及，教育佩生做事一定要坚强淡定，胆大心细。这些家教渊源造就了佩生坚毅和艰难困苦助夫君而不畏的品德。

佩生父亲从上海毕业后即回广东，夫妻二人共开一诊所，辗转于广州、东莞、江门等地业医济世。二人宅心仁厚，医德好，负责任，又医术精湛，故求医者众。因贫困付不起医药费者，还可以免费治病和免费给药。所到之处，有口皆碑。

1938年广州被日本侵略军攻占，夫妻只好带着全家搬迁至珠江西边的今江门市境，在江门（那时是珠江口西岸的一个重要港口和商埠）租了一层楼开设一较大诊所，扩大业务至新会和台山县等地，成为当地名医。这期间，因业务繁多，夫妻二人内外分工。佩生父亲主要从事诊病开方，而母亲主管配药打针和护理等工作以及管教子女。桂兴婆也来帮助，她始终忠心耿耿，故佩生父母始终将她作为一家人对待。可是好景不长，很快又时局吃紧，他们又得逃离，避居香港。然而立足未稳，香港又陷落于日本侵略者之手，无奈只好又逃难回到东莞。

老家东莞市东坑一带为丘陵，东莞东北面连接高大起伏的山区，时为中国共产党领导的东江抗日纵队活动之所，司令部就设立在东莞东北方的罗浮山。司令部有不少人出自东莞甚至东坑，和卢泽尧医生相熟，两相联系，卢泽尧医生便常入山区为抗日纵队服务，诊治疾病。佩生母亲和桂兴婆二人则千方百计潜入香港购药，沿途常常冒着日本飞机的扫射和轰炸，东躲西藏才能将药品带回东坑。父母这样深明大义地做事，儿女深受影响。佩生那时是儿童团的重要成员之一，她积极地参加抗日救亡运动，支持抗日纵队的宣传工作。还因文笔好，被称为"小冰心"。

抗日战争胜利后，佩生父母携家搬回江门，经营"卢泽尧医务所"，恢复并扩大了业务。待至1949年秋，广东全境解放（除海南尚待解放外），江门成为粤中军分区和行署驻地。卢医生被动员到江门医院工作，而佩生母亲则居家照顾孩子和做家务。党和政府十分关心和照顾，令卢医生十分感动。他积极工作，并获得模范称号，直到上世纪六十年代都是江门市政协委员。

虽然卢医生已不再开办私人医务所，但是老病号、熟人或邻近闻他名的人，仍不时向他求医问诊。他就利用业余时间，在家中接待，一如既往地义诊和赠药。佩生母亲会配药分发，还通过关系从香港购得若干药品。

岳父母很开明，新中国成立后，即任凭佩生只身到广州读中学，佩生假期也回家做双亲助手，为来求医者配发药品。耳濡目染，使她既学到些医药知识，也受父母品德的熏陶，培养了乐于助人、勇于为别人解难的高尚品德。

1963年适逢岳父六十寿辰大喜，我和佩生在北京遥寄贺函，并附贺诗一首，既祝贺，也赞美岳父的成绩和表达政府与人民对他的称赞，都是实情。诗如下（亦见拙诗集《华夏钟情》第141—142页，作家出版社，2002年）：

飘下仙风六十年，华佗喜见镇南天。
回春进药灵方验，救急临床妙手玄。
泉井已传名气大，表扬尤见着先鞭。
欣逢喜日千杯酒，更献蟠桃尊膝前。

1964年春我得了一种怪病，每天下午腹胀如鼓且阵痛，在京治疗数月未愈。佩生果断送我回到江门，让岳父母为我治疗调理，不但治好，还除掉了病根。在留住江门岳父母家期间，我亲自看到岳父下班在家时，即有求医者等候，岳父母随时为他们义诊义治，不收费。我被他们不辞辛苦为平民服务的义举所感动，也深深体会到人们对岳父母的爱戴和尊敬。那时，全国的体育界有冬季在广东集训之举。在江门市体育馆，周末晚上常有各省市篮球集训队的高水平比赛，体育馆总会为卢医生预留两张门票，我有幸得以陪同岳父观看比赛。

岳父于1983年辞世，江门市医院举行了庄重的告别追悼会。佩生作为家属代表致辞，她既因父亲去世深感悲痛，更感激人民政府的深切关怀，讲了前头几句后就支撑不住，晕倒了。此后，岳母来京和我们一起住了好几年，我们才得以尽儿女辈的孝道。可是我们天天离家上班，能陪老人家的时间很少，老人家也不习惯北方生活，于是回江门和其妹妹一起生活，直至逝世。

佩生和我都不大会摄影，手头也无照相机，未曾为岳父母照过相；也找不到二人的相片，很是遗憾。佩生不幸于2011年2月逝世，而我在同年11月份适有事出差广东，在江门市公安局人员和江门市气象局局长的帮助下，几经寻寻觅觅，终于找到我岳父母大人的坟墓。于是在广东省气象局领导曾琮同志和林良勋首席气象预报员陪同下，我，也代表佩生，按常规燃烛点香致祭，在坟前三拜九叩首，以表哀思。十分感激曾琮、林良勋和江门市气象局局长，他们也陪同肃立默哀致祭。

东坑卢医生的故居至今仍受政府保护。佩生之兄济生为医学博士，今为澳大利亚华人侨领之一，常回国和回家乡作义举，并多次作为侨领受国家邀请到北京参加国庆节观礼。

2021年2月20日

佩生逝世十周年纪念日记

# 给四姐的信(节录)

——怀念我的四姐曾庆芳

马克思说："人生就是奋斗！"（这是马克思转述的一句格言）毛主席说："与天奋斗，其乐无穷；与地奋斗，其乐无穷；与人奋斗，其乐无穷！"就是说，人生在世，就得与天地共同奋斗，推动社会向前进！这是必不可免的，也是不可移易的真理。穷且益坚，自强不息，以必胜的决心，发愤图强，艰苦奋斗，开辟光明的前途。我愿与四姐共同勉励，"艰苦奋斗到 2000 年"（注：斯诺发表访华文章，其中一篇题为《要艰苦奋斗到二〇〇〇年》）。现在是 1973 年，距 2000 年还有 27 年。到 2000 年，四姐才七十岁多点，我才六十多岁，艰苦奋斗到那时是一个完全应该而且可以达到的目标，也是我们的任务。到那时，国家富强，社会进步，贫下中农的经济状况可以达到完全的翻身，那些旧社会遗留下来的腐朽的旧东西也当会被革命逐渐清除掉。再过几年，阿汉就长大成人；大约再过五年，他就可参加工作，而我的晓东也该上学了。有什么困难能够吓倒贫苦出身的人呢？！咬一下牙根就挺过去了！你的精神就是我的榜样。但是，正如你信中所说的：留得青山在，不怕没柴烧。

健康是最重要的！希望我们姐弟俩永远相互勉励。

去年对我来说确是很不平静的一年，困难重重，好像故意设置来考验一个人的意志是否坚强似的。我的身体本来就不好，哥哥又突然病情急重而住院抢救，而春天以来研究所里就工作问题则刮起了十二级台风，搞得我无法正常工作。树欲静而风不止，这股可恶的阴风一直不停，虽然在我们多方努力下于冬天已微有所减，可是今年又再起，大有非吞下我们就不甘心之势。当然，不正确的东西不可能久长，真理终会取胜。到而今，大概可以说比较稳定些了。不过，在这股风长期冲击之下，无论我的身体或精神都不可能不被损害，尽管我算是经受住了考验，顶过来了。将来一定还有风浪，还有困难。现在的任务是要在这已被损害了的健康的基础上治好创伤，俾使健康状况有所改进，为将来在更大的风浪冲击下仍能屹立不动，夺取胜利，艰苦奋斗几十年。

去年的风浪是这样的：本来我们自接受某项任务后，艰苦奋斗了近三年，刚刚从无到有，组织成一支队伍，打下基础，初具规模，取得了初步的然而是明显的成果。正需在这基础上大规模开展工作，为国家做出贡献的时候，有人不知出自什么"原则"，不知是为了什么目的，不顾国家任务，以莫名其妙的"理由"硬要拆散它，改变方向。这种意见一出来，就受到了参加这项工作的所有同志以及全所绝大部分同志的坚决反对。我作为这项任务的主要负责人之一，被上压下顶，可见处境是如何困难了。且不论其偏见和不公正使得大家（当然也包括我）蒙受的屈辱会在精神上受到什么样的刺激，在重压之下，组织不可能不涣散，工作将会前功尽弃，国家任务不能完成，这是很使我忧虑的。因此，我得在这上下重压之下，方方照顾，做各方面的工作，说服同志，解决矛盾，以图工作能有所继续，同时自己还得在业务上加倍努力，做出结果来。

因为国家任务只能完成，不能搞坏；矛盾必须合理解决，为各方接受，今后的工作才能继续并搞好呀！现在矛盾总算有所缓解。现在回想起来，为了党的事业，为了国家的利益，当时我不得不在身体健康不许可的情况下，忍辱负重，主动去做工作，于心无愧。

当时使我痛感到，一种正确的主张和观点要得到大家接受，一项工作要能得到支持和赞助，光靠说是不行的；必须实践，必须有成果，必须有白纸黑字——有著作。所谓"口说无凭"；"言之无文，行之不远"。著作是为了斗争的需要，著作本身就是一种斗争的手段。毛主席为了反对错误路线，教育广大干部，提高党的思想水平，团结人民，去争取胜利，在长征到达陕北之后，特地写下了《中国革命战争的战略问题》、《实践论》、《矛盾论》等不朽的光辉著作。至于太史公司马迁，"欲以究天人之际，通古今之变"，一生都在调查研究，一心一意从事写作，甚至"草创未就"，"惜其不成，是以就极刑而无愠色"，终于完成世界上一部历史巨著——《史记》。他说："西伯拘而演《周易》，仲尼厄而作《春秋》；屈原放逐，乃赋《离骚》；左丘失明，厥有《国语》；孙子膑脚，《兵法》修列；不韦迁蜀，世传《吕览》；韩非囚秦，《说难》、《孤愤》；《诗》三百篇，大抵圣贤发愤之所为作也。此人皆意有所郁结，不得通其道，故述往事，思来者。及如左丘无目，孙子断足，终不可用，退论书策，以舒其愤，思垂空文以自见。"就是说，愈是处于困境，著作愈是重要的斗争武器了。奥斯特洛夫斯基青年残废，思索"归队"战斗的道路，终于克服了常人无法想象和忍受的困难，在失明和全身瘫痪的情况下写出了名篇《钢铁是怎样炼成的》。

本来组织上就给了我写两本书的任务，但我并未真正重视它，到此刻才深深感到它的必要性和对我前途的重要性，于是乎我感到应该努力争取按时完成它。在当时的情况下，这当然又不可避免地加重了工作，真是：必须一息尚存，意志不懈。当时哥哥刚脱险，我又立刻奉命转移战场——出差。万千思绪，注入心头，夜不能寐；那些业务上的纷争也不时萦回脑际，我不得不想法驱走这如乱麻的思绪，硬着头皮，咬紧牙根，睡不着时就把注意力集中在写作上：准备材料和思索，或写出一些章节的初稿，真是：

家有难时任务多，千头万绪绞心窝。

未成著作咬牙抵，灯冷蚊叮夜揣摩。

就这样，在风浪频频冲击之下，在困难重重和身体几乎支持不住的情况下，经过近一年的努力，于今终于把第一本书写成，已交付出版，并获得较高的评价，如释重荷，亦可告慰四姐。

现正春回大地，生机蓬勃，我的心情也轻松些了。但丝毫不能有所自满，要再接再厉，争取早日写成第二本。即使到那时，也不能有所放松，因为离《太史公书》还差得很远很远哩！我们应为祖国争光，为中国和全世界大多数人服务；应该为党、为国家、为民族、为全世界贡献出自己的力量。

总之，前途是光明的，任务是艰巨的，道路是曲折的。需要我们下定决心，艰苦奋斗几十年。

弟 庆存上<br>1973 年 4 月 28 日

## 原注 1

此信载于《院士书信》（韩存志、王克美主编，上海科技教育出版社，2002 年）。该文后有原注：我四姐曾庆芳不识字，她得知我生病，请人给我写了封信，只短短三四行，我很受感动，即写了回信，并节录在日记本中，得以保存。日记是这样写的："四姐来信，对我很是关怀，脉脉之情，焦灼之虑，同甘共苦之心，能不慨然？！扪心自问，岂可意志消沉，释国家之厚望，抛应尽之义务？于是将自己的心事与决心，写了信回复给四姐。今择录于此，作立志始。"

## 原注 2

本篇又收入吴国良等编注的《攀上珠峰踏北边》（中国科学技术出版社，2005 年），加有编者注如下：本篇取自《院士书信》（韩存志、王克美主编，上海科技教育出版社，2002 年）。从这封信可以看到当时曾庆存的种种困难。不知者以为曾庆存少年得志，一帆风顺，其实大不其然，坎坷得很。凭着他坚忍不拔的精神和老前辈、老专家、老师、同志、同事们对他的十分同情、关怀和帮助，他才战胜了一个个困难，做出了惊人的成绩。一位学界老前辈感慨：曾庆存将挫折变成动力，难能可贵。曾庆存对同情、关怀和帮助过他的人们一直是感激的，他的这种品格也是人所共知的。曾庆存始终把困难与挫折看成是磨炼意志、锐意进取的动力。后来他在大家的支持下全心全意把研究所办好，把研究工作搞好，全身心地投入到振兴中华民族的伟大事业（见他的同学陈诗闻教授 2002 年在《中国科学报》上发表的文章）。至于信中所说的两本书，就是《大气红外遥测原理》和《数值天气预报的数学物理基础》（第一卷）。

曾庆存还经常用鲁迅的话"顺利使人前进，挫折使人奋斗"（大意）和毛主席的"把坏事转变为好事"的精神，来教育和启迪同事们和青年学生们。他教导子侄辈也是这样，要有坚忍不拔、百折不挠的精神（见本书选登的"曾氏宗风"）。

给四姐的信（节录）——怀念我的四姐曾庆芳　33

**补注**

　　从此信及原注1和《攀上珠峰踏北边》写的编者注，容易理解我当时的困境和心情，但为何我只对我那不识字又远隔千里的四姐写此信来吐一口气呢？其实是我无处可吐呀！我不能向朝夕相处的同事透露苦衷以添乱，也不能向我那重病在身的哥哥和劳苦善良的母亲透露，只能强忍忧伤，只好向不知情不会理解我等"知识分子"的复杂事情的四姐吐一口气，等于对空叹气，我明知她也不可能回信的。

　　顾我有姐姐三人，兄弟（连我）三人。大姐早嫁，遭夫家虐待暴行早逝；因家贫养不起，二姐和三姐一出世即被抱走，下落不明；接下来是四姐和五姐（新中国成立后分别取名曾庆芳和曾庆兰）。再接下来是我哥曾庆丰、我和四弟曾庆材；三弟夭折。后来五姐主要和二叔二婶一起劳动和生活（本来我们和二叔二婶同住一间大屋，他俩人口少），于是我家主要劳动力就是父母和四姐三人。四姐出嫁后，因夫家为手工业者，离娘家又较近，她常有时间回娘家帮助干农活。那时我很小，又体弱，她很疼我。新中国成立后，县里要发展手工业，她家就搬到城里来，她也成为工人阶级一分子，在县城有户口，有粮票，有商品粮供应，尽管住房很小很简陋。后来我和哥哥于1952年考上大学就读北京，四姐就经常回娘家，帮助父母和四弟，使我和哥哥没有牵挂，得以无忧无虑地读书。可是后来她所在工厂的干部做手脚，将她的户口换成别人的名字，到上世纪六十年代初她就没有领到粮票，也不能入厂做工，使她生活陷入十分困难的境地，她只好经常回娘家，既帮助干农活，又照顾父母，也常就食其中。特别是1968年春节后不久卢佩生寻到阳江带我母亲来北京照顾重病的哥哥，此后四姐陷入更大的困难之中，被搬到极其低级不堪住家的，极低矮的房子中（详见本书《为了轻装的写记》篇中），靠帮人带小孩和常到山边拾柴草为生，供养自家的家婆（丈夫的母亲）和弱小的儿子（即信中的阿汉），还要经常去看望和照顾老父亲（当时四弟在外乡当民办教师不在家）。于是她常要在玉沙村待到天黑，而父亲为保证四姐安全，要护送她穿过一片广阔的田野（当地叫田垌）回城里，然后独自返回玉沙村。父亲得手里拿着竹枝不停左右摆画田间路面（阳江称为田基）以防蛇咬。就这样，父女俩以拳拳之心，书写出人世间的朴素真性真诚。

到1973年，由于我的困难，佩生带着晓东要住到四姐家（详情亦见《为了轻装的写记》），到那时我才知道四姐的极度困难状态，开始给四姐以周济。待到时来运转，在1980年夏，在我和许多友好人士及县公安局工作人员的努力和帮助下，我四姐的城市户口和领粮票才得以恢复。四姐于2019年8月16日病逝，享年91岁。

下面再说一下四弟庆材，他比我小五岁。由于三弟的夭折，父母心里受到很大冲击，自然就产生怜悯之心，在生活上给四弟多点照顾，也不愿像对我哥哥和我那样"狠心"严管和督促。我和哥哥读高中得住校，家中劳动力不足，且当时农村中已逐步向农村劳动集体化发展，父亲也无时间和精力对四弟作督促，这就使得四弟只能就读于邻近乡村的小学，得不到我那时有较好老师的教导和同学间的切磋砥砺的学习氛围。1952年哥哥和我又上了北京，虽然也多少关心四弟的学业，经常来往通信加点问答指教，终究无济于事。他只能考取远离县城的乡镇中学且得住校（尽管星期日要由学校来回走大半天路程回家看望父母）。自然的结果是他没有投考大学的可能，高中毕业后回家务农二年。不过他的学习成绩还算是较好的，农村又缺乏教师，于是他应一些小学甚至县城中学之邀请，作为代课老师（或称民办教师），尽职努力，也有一定成绩。但工资实在太低，又不固定，他结婚生子还得由父母带养孩子。自1967年我母亲上北京照顾我哥哥以后,他一家加上父亲的生活就全部由他夫妇维持了。为了生计,上世纪八十年代初四弟就不得不放弃近二十年的教龄,自谋职业。先在县城从事餐饮业,后来夫妻二人创办了一个手工业作坊,带动一片地方的青年和自己的孩子,且可与四姐相互照应,自此生活得以安定下来。待到全国各地开展抓工业和有科技含量的产品生产之时,县里以为我有可能对县里这方面工作有帮助,于是县里"抓科技"的单位(很小很小)的一职员主动找到我四弟,委以一个小办事员之类之职,让他带领几个人来找我筹谋。这样,他就成为一个有正式工资的职员了。很惭愧,无论四弟和我,都不是能搞"招商(包括科技)引资"的材料,虽几经努力,想办法,做事情,都几乎毫无成果。不过,四弟到退休年龄后享受到领退休金的待遇,解决了他和我的大问题。

正是四弟夫妇和四姐千辛万苦在阳江撑起我父母和他、她们这个贫困的大家庭,包办了本该由我承担的孝亲养老济贫的天职,我和我哥才可能全身心投入为国家为人民事业而工作。我从心底里深深感激四姐和四弟两家。

四弟本来身体就不好,又负担过重,由于劳累,终致于 2011 年 11 月 8 日重病逝世,终年仅 71 岁。他临终前大出血,出血稍停时他通过陪护他的儿子曾繁能要求和我通电话,其时我正出差到祖国边陲西双版纳,收到侄儿电话时,我劝他要让他父亲保持每分精力,不宜过多说话,于是电话只由繁能一人听了。谁料四弟很快就停止了呼吸,失了诀别的机会,成为生者和逝者永远的遗憾。

我对不起四姐和四弟。

我五姐庆兰健在,身体硬朗,祝她长寿。

**2021 年 12 月 30 日**

2011年11月于阳江合影。
右起：曾庆芳（四姐）、曾庆兰（五姐）、曾庆存

2011年11月于阳江合影。
左起：梁汉兴（四姐子）、曾庆存、曾庆芳（四姐）、刘再娟（四姐媳）

1982年3月于阳江县政府招待所松柏楼合影。
曾庆存（左）和四弟曾庆材（右）

1994年12月11日于广州小北路罗运铢家合影。
左起：曾繁能、曾庆存、曾庆材、林俏霞（庆材夫人）

# 远方通信[1]

## ——怀念我的兄长曾庆丰

---

[1] 原载于《世纪相思》(1909—1999),第289—305页,阳江一中校友会编,新华出版社,1999年。原题目是"远方通信——怀念同学和兄长曾庆丰"。

## 一、引　子

适逢母校阳江一中（原阳江县中学）九十华诞，校友同仁筹办编辑出版《校友回忆录》作为献礼，来函约稿。约稿启事中说内容、形式不拘，篇幅也不限制。在母校学习期间无疑是我成长过程中十分重要的一环，至今仍感十分亲切，我确实应写点东西，一吐对母校感激和依恋之情。可是后来罗运铢同学受编委会梁树屏同学嘱托，又来电话，说一定要写写我们的同学又是我兄长的曾庆丰同志，还说非我莫属。是的，我确实也应写点东西纪念他。无论在母校同窗共读，还是后来的为科学研究、为人民事业和为治病求生的艰苦奋斗中，都有许多难忘的事情，也都和在母校受到的教育脉脉相连。可是一回忆起这些往事，他的形象就在眼前，我的心潮总难抑制，难以静下来握笔，非有较多时间不能成篇。而今交稿时间紧逼，好在我尚保留着一些与他以及其他同学的通信，或许它们更能直接反映历史的真迹,或许更为亲切,因此我今择出其中一些,编成本篇,略释我心头的重荷,聊践写稿之约。

曾庆丰和我们(罗运铼和我等)1946年秋考入阳江县中读初中(罗运铼考第一名),他和罗运铼分在甲班,我在乙班。他和甲班同学十分要好,大家也就对我这小弟弟十分关心,他们反而使我感到比乙班同学更亲近。一年后,由于学习成绩优秀,他成为阳江中学第一批全校(包括高、初中)八名公费生之一。1949年秋,他、运铼以及我们要好的同学大都考上本校高中。入学后不久就迎来了解放,以后我们就同在一个班了。当时拥军拥政、民主改革、抗美援朝,样样活动热火朝天,激励奋进。同学们一面学习,一面热情地投入政治和社会活动中去。运铼加入了新民主主义青年团(即今共青团的前身),在学生会负责组织时事学习等工作;我哥则是学联常委兼秘书,负责学联的日常工作,还参加新文艺新体育工作。他们都非常积极活跃。阳江中学在当时阳江所起的作用和影响是巨大的。因学习优秀和工作积极,庆丰哥是校里第一批十个学习模范之一。

后来,1952年,运铼被省教育厅选作政治辅导员,我们兄弟和同学共七位则考入北京的高等学校;后来我们兄弟都入了党,又留学苏联当研究生。1962年哥哥回国后分配到中国科学院地质研究所工作,双肩挑,又红又专,既搞科研,又参加研究室以及所党委的一些组织领导工作。所里拟提拔他为党委副书记,他自觉不合适,应以学术研究为主,就借下乡"四清"和劳动而婉辞了。不幸那时他所在的农村瘟疫流行,他也罹疾,而又没有治疗,坚持在农村工作和劳动两年。待到1966年春回到北京,一检查就确诊为肝硬化晚期——肝萎缩,真是晴空霹雳,他无法相信而又不得不面对现实,经过痛苦的思想斗争,竟能泰然处之。这病是无药可有效治愈的,随时都有大出血死亡的危险。在非常恶劣的条件下,他反而更加乐观和坚强,更加争分夺秒地高强度工作。后来我的身体也不好,他的坚强意志就是我的好榜样。我们兄弟俩就这样互存眷眷之心,相互鼓励,去克服一切困难。母亲、他和我的一位恩师顾震潮教授同志(也患肝硬化)都非常关心我。1975年组织上让我到中国科学院青岛疗养所疗养,可哥哥和顾老师不得去(因为该疗养所不收重病号),考虑到他俩都有壮游之志,祖国壮丽河山景色对他们是最好的药物,于是我到青岛后就分别给他们去信,内容几乎相同,将旅途所见和青岛风光着实描写一番,以便让他们领略一点江山灵气,得到一点快慰,也以此通过哥哥让母亲不要挂心。好在是一信写两式,留下了底稿,今捡得,录于下,记作《青岛通信》,算作纪念。而今他们三人已杳,对稿凝思,为之凄然。我在青岛休养数月,和他们频频通信,还写有诗词,无非相互慰勉,这些信并没有底稿留下如今已记不得了,只记得信中我作的一首词(寄调《千秋岁引》),今并录于此(附录二)。

庆丰哥克服了常人难以想象的困难,几度死去活来,犹然奋斗不懈。他写了许多论著,很有创见,很有影响,然而他的工资甚至难以维持正常生活(注:职称为助理研究员,工资低,又因病不能上班,只能发工资的百分之六十),但他无怨无恨,淡于名利。这种坚强、淡泊、宁静的品行,与青少年时期家庭的艰苦与双亲的潜移默化以及学校师友的熏陶与切磋琢磨不无关系。只是到了1986年秋,在他的同事叶大年研究员的关心和倡议下,联络了他们的老师和地质学界的泰斗名流如涂光炽、杨遵义、乐森璕等十余位学部委员联名给中国科学院卢嘉锡院长写信,反映情况,得到卢院长高度重视,组织了特别评议会,他才得以特批为研究员(起码比该到的要迟了许久许久)。一时间《人民日报》和许多报刊的专讯报道、故乡"父母官"和亲友的祝贺和慰问，打破了他的宁静，他热血沸腾，更加夜以继日地工作，完全忘记了他重病的身躯，终在半年后不幸因感冒风寒医治无效而于1987年1月与世长辞，我们永远失去了他。罗运铁等一班同学挚友闻讯惊痛不能自已，我的悲痛更不待言。运铁和我当时的书信往还，于今检得，字字行行，触景难禁，今聊录于此（附录三）。想读者必为有他这样一个坚强的校友而自豪，也为其英年早逝而叹惜。

## 二、青岛通信

**哥哥：**

　　四月十八日我就安抵青岛市，进入中国科学院青岛疗养所了。旅途顺利。在胶济线上，火车沿着山东丘陵北坡运行，然后横越胶莱河谷地，再沿胶州湾进入青岛，沿途风光秀丽。我这是第一次经过，顾不得旅途的疲倦，兴奋地欣赏祖国这壮丽的河山。火车于下午正点到达青岛市。市区也是丘陵起伏，一个山包接着一个山包，街道依山转，一层层，一圈圈，街道都很短，这一段叫一个街名，一转弯又是另一街名。若不是有朋友到车站来接，指点道路、方向和车次，对于一个初来访者来说，恐怕要费上好大工夫才能找到目的地的。尽管它近在咫尺。

　　中国科学院青岛疗养所在栖霞路十五号，枕山面海，脚下就是中山公园，前面是大广场和体育场，再往前就是海湾，有海水浴场，离我们住地直线距离大约为500米。沿此海湾有"南海路"，中国科学院青岛海洋研究所的五层大楼就矗立在路边离浴场不远处。依这方向望去，有一幢青蓝色的高大且宏伟的建筑物，据说是海军招待所，那里以及周围的那个苍翠的小半岛是游人止步的，不过眼神所及，不受此限。半岛低小，不会挡住视线，继续往远方望去，无边的大海就在眼前了。黄海不黄，而是蓝色。水色天容，上下无际，只是在视力的无穷远处依非欧几何的原理相交于朦胧弥漫之间。长风鼓着排浪，一道道白光如练，有序地由外海向港湾推进，在快到岸滩边上陡然跌破，或与半岛的岩壁相碰而掀起高抛的浪花。这些就凭窗而望也看得清清楚楚，尽管听不到那巨涛拍岸的吼鸣，也仿佛领略到它那雄壮的声律了。海面是岛屿如浮珠，而海岸则嶙峋绵连。巨舰停泊在港湾里，而点点风帆则在海面上来往穿梭。我不见大海已经二十余年，今一朝就展现在眼底，确实心神怡然。

中山公园这几天热闹非常。原来这公园占有好几个山坡，有几条柏油大道穿过，两边栽的樱花树，据称还是日本富士山的那一种。四月下旬，樱花盛开，游人云集，还有外地远来的；公园里搭起棚台，有说有唱，有歌有舞，有吃有卖，这就是一年一度所谓的"樱花会"。这期间，往往尘头大起，搞得如此清静的公园胜境也大气污染严重。我来时正值会期，好在已近尾声，加之蒙蒙霏雨，不见红尘。我也没有去观会，不过可以安闲地观赏各种翠树繁花。原来这公园是早晨八时上班，下午四时下班，班内时间收门票；班外时间仍是园门大开，任由人们出入，不收门票，可以游园观赏，于是我们这些一文不名的特殊远客就得以早晚两次免费观赏了。这种制度，不管是有意无意，有其"合理的内核"：大抵白天游园的多是有闲的人，该收门票；而那些努力抓革命促生产的就只能于早晚工余之暇到来漫步了，此刻大开方便之门就恰到好处了。无奈我们这些人也抓住这个机会呢！

　　人们说青岛人身体比较健康，可能一是环境所致，清洁、优美，又有鱼盐海产之富；另一可能是山丘多、公园多、海湾及沙滩多，男女老幼都爱利用这些条件作各种合适的体育锻炼。就在我们疗养所脚下的山坡上，在林木空隙间，就有着一片片不大的空地，那是人们自己开辟出来作锻炼身体之用的。有的长不过五尺，旁堆大石头，供练罢小坐休息。早上起来，晨光熹微，在这些小块空地上，有独练的，有群练的；有端站不动的，有意动绵延的，有纵跳迅猛叱咤有声的；有徒手的，有持器械的。我最欣赏的是对面那一舞剑者，只见浑身上下，寒光闪闪，手脚轻灵，进退从容。我戴上眼镜定睛而视，待那人收剑敛形，我不禁大为惊讶和敬佩，原来舞剑者是个满头皓发的老太太！

　　美中不足的是这里时下天气还太冷，得时时穿上毛衣加棉衣。天气变化也很快，有时中午看见太阳当空正感到温暖的时候，刹那间海风大作，一团团浓浓的迷雾从外海如潮般地涌进海湾，笼罩一切，顿觉寒气侵人。我才来几天，一时还没适应，以后适应了便会好了。

　　就此搁笔。

　　请告诉母亲，嫂嫂，就说我在这里很好，请不要挂念。

　　敬祝

安好！

弟弟敬上
1975 年 4 月（下旬）

**注**

　　信寄出后,我很快就收到哥哥和顾老师各自写来的回信。信中除宽慰互勉之外,两人都特别指出所谓"樱花会"乃是日本帝国主义侵略我国的遗痕,要我思想上特别注意。我于是立刻又给他俩写信,说明:我对"樱花会"并无好感,并无称赞之意,反而用了"污染"、"红尘"诸词,实喻贬义。其实,日本侵略者给我们的沉重灾难永世难忘。他们狂轰滥炸阳江城乡,还有意轰炸两中、江中、南恩小学等,"三三"、"六六"事变,杀人如麻,我父母、哥哥和我几乎罹难,血海深仇,刻骨铭心。不过,应该把日本人民和日本军国主义者区分开来,日本人民酷爱樱花,有樱花会的风俗,又当别论。又:1998年我重到青岛,惊觉可见到的和所感到的氛围一切都完全变了,欲寻旧游之地,已杳无踪影。大广场的空旷没有了,那里现在是高楼大厦林立,寸土寸金、人车熙攘的繁华地段。而市区亦已伸展到数十里之外的崂山区,青岛已是世界级的现代化的繁荣的大都会了。假如哥哥和顾老师尚在,我去信给他们作一番新的描写,他们定会得到极大欢慰。

## 三、千秋岁引——青岛疗养

　　海碧天蓝,山青木绿,潮来壁下波追逐,轻帆巨舰悠然过,沙头更播多娇曲。壮精神,好风景,看不足。快意赏心欣极目,疗养此间多感触,任务正需身康复。沙场跃马犹堪战,那容两霸横加辱。练身躯,要坚持,勿断续。

注 | "多娇曲"指为毛主席词《沁园春·雪》谱的乐曲。江山如此多娇！

## 四、庆丰给罗运铢同志的信

**运铢老友：**

十分高兴收到你的来信，多谢啦！

中大因不登外稿，上周已退还给我了，拖了半年。还以为肉包子打狗，有去无回呢。所以你不必再去问了，特此奉告。

信中"鸣冤叫屈"，表示谅解。但是确实很长很长也见不到你那别具一格的字迹和风趣多彩的文笔了，所以能见到你的信，大是快事。要知道童年朋友是最值得回味的，我们也算得上"泥瓯之交"哩。

此次职称事，有点意外。原"文革"前夕已提副研，因"史无前例"而搁置。"四人帮"倒台后，又多年拖着未给落实。此次解冻，惊动卢嘉锡院长，他亲自调审全部材料和成果、组织专家评审，之后亲自召开特别法庭，得以一致通过。会后，又带了大小一班头目，驱车光临。斗室片瓦，弄得我手足无措。好在这样高的领导竟是万分平易近人，谈笑风生。真是一位礼贤下士、可敬可亲的师长。我十分感谢领导对我的关怀和鼓励，本人力不从心，成绩甚微，受之有愧的。此事若悄悄也罢，无奈科学报两次报道，接着《中国地质报》、《光明日报》也都转登了。有什么办法呢？我是无能为力的，那也随他们的便了。要知我身隐居陋室，与世无求，与人无争，我还是我，老样子。记者来，避开锋芒，应付而已。大会不参加，报告不开口，由人家说好了。眼不见，耳不闻，治病要紧。难呀，这是望不到头的持久战哩。

《阳江文史》、《漠阳江》每期都寄给我，十分感谢父老乡亲念及远离家乡的游子。至于《阳江报》一份也未曾见过，如容许，寄几张来瞧瞧吧，拜托了。

见到老友，请转达童年的致意。与骏叔今年未见面，早几月去信请他指点海洋石油问题，立即介绍了一些资料，信中并警告曰："你是半条命的人，不要太……。"

问夫人李燊芳好！向小字辈问好！欢迎罗路带小千金北游。草草，就此搁笔，请谅。

付：庆存是会议所长，今年一直大会小会不断，几达到三过家门而不入的地步，现在又飞往福建去了，等他回来再转告。我们晚上常常热线"搪虾仔"。

代问运铝好，他现在哪个单位？在南昌我曾专程去找过他的，二十多年不见了。

信封邮票如已有，下次寄回，小儿也集邮呢。他在外国语学院学英语，他问姐姐们好！

曾　氏<br>1986 年 7 月 21 日

**注**

罗运铢同志这次特将庆丰哥此信寄来给我，承他同意，将庆丰此信以及运铢给我的一信（见〈五〉）编入本篇。运铢还为庆丰此信写了一些必要的注解，下面将引用，暂且不表。先说从这信中可见庆丰对故乡的赤子情深，也可见他和少年同学挚友的亲密无间和坦诚相助。庆丰和运铢通信甚多，运铢因忙稍长时间未回信，庆丰就去信给"扣帽子"，于是运铢立刻回信自申"实属冤案"，这就是庆丰此信说的"鸣冤叫屈"。此信中的骏叔就是中学同班同学何炳骏同志，我们尊敬可亲的何柏旭老师之子，和庆丰一齐考入北京地质学院，后来成长为很有贡献的石油地质专家，因过度劳累，于今疾病缠身，可他对庆丰有求必应，且备极关怀。正像庆丰哥的同学挚友十分关心爱护我这个小弟弟一样，庆丰对他的同学挚友的小弟弟和小字辈也待如一家。运铝是运铢的亲弟；罗路是运铢大女，访问北京时曾住在她庆丰伯伯家里（尽管那里窄陋不堪）；运铢二女罗荧未见过她的庆丰伯，后来到北京来专探庆存叔。此信中说的"泥瓯之交"大概指旧时阳江俚语"细仔溺（溺爱，即沉迷于）玩耍泥瓯"，在陋巷村野中童子之交，真是天真无邪，胜似"青梅竹马"。至于"搪虾仔"或曰"搪溹虾"，旧时阳江俚语，谐音，即闲聊，现今广东时兴"煲电话粥"，北京时兴"侃大山"，意义相同。再回来谈提职事，那是特批为研究员，后来还评为全院优秀党员，要开大会，还要介绍先进事迹，他不愿意做这些，其实，其当时的体力和健康状态也支持不了。于是他就"大会不参加，报告不开口"了。他此信中漏提《人民日报》，那是影响最大的，当时《人民日报》为他特批研究员事登了专题详细报道，还加了编者按语，（此事对别的单位重视人才有相当的影响）。后来"共和国之迹"影视片中有一组关于此事的镜头，解说词中也有专门的一段。

## 五、罗运铢同志来信

**庆存：**

  我春节休息后回厅上班，一见到那信封的黑色字样，犹如晴天霹雳。几乎无法自持，我确实难以承受这沉重的一击，痛失少年时期以来一位挚友，心情久久难以平静。太意外了，怎么突然离我们而去？我原想这半年多来，他心情舒畅，身体该有好转，正大有作为；我想他应争取南返回乡看看；我想，我几年没到北京了，今年应北上一趟，继续以往没完没了的欢声畅谈……，一下子通通成泡影。信息到迟了，我已去一电报地质所转，同时另寄一信给书第同志。

  这些日子你们怎么过的？现在，只好也望你们早日平复下来，精神好时挤点时间给稍为详细点谈谈前后经过。我想请书第帮找他近期和最后的照片，或将底片寄我。不知有录音没有？今天我已无数次翻阅他半年前寄我的书、信和明信片……

  稍为冷静一下，我想到你承担的重担、重压，你自己该更注意保重，爱护你的健康，近日更需要多休息。

  整晚对纸，精神难以集中于笔尖写下去。

  春节前，书鑫回来，今天走，已告知此信息，同时已告禹平。白云因母病重，由四川赶回阳江，过几天走。我二月大部分时间都会留机关，三月往下跑。未知今年三月还有无南行视察机会？盼复。

  万望节哀，保重！

运铢<br>1987 年 2 月 3 日夜

> **注**
>
> 　　纸短情长，言有尽而意无穷。运铢之于我两兄弟的情谊，跃然纸上，纸外尤浓，真可谓"人生得一知己足矣"！正因为诸多好友必会要我"谈谈前后经过"，我把给运铢的回信复印一份留底以备用，否则我现在手头也没有那封信。又：书鑫、禹平、白云，还有司徒恺、合燊、炳骏、一鸣、崇就、增棣、祖祯等是高中同班的很要好的同学。高中非同班的以及初中同班的要好同学还有许多。

## 六、给罗运铢同志的回信

**运铢：**

　　二月三日信今天（八日）收到。本来该早就给你写信告诉此不幸的消息的，但确实抑制不住心情，不愿深想，无以下笔。请你也平静下来，且并不必多告诉同乡同学，尤其请不要告诉或叮嘱县里同志，不要告诉阳江家人，以免给他们太大冲击（现在我父亲和四姊身体都不好），地质所也给阳江县政府、党委、人大和政协发去了讣告，但在我们要求下，加写了一句不要告诉家人的话。

　　今科学报已登了消息，可能光明日报等还要登（我们给他们说希望不要登），阳江知道的人越少越好，否则难以不让家人知道。因此，我希望《阳江报》千万不要登（你能否告诉禹功）。我们是十分感激故乡父老、兄弟、姊妹的关心和痛惜的，感激之情，难于形容。但老父的健康，苦难的四姊，都必须爱护，以不透消息为宜。

先是，我从广州回京，即由机场直驱哥哥家里，带点岭南香蕉给他，也拟给他形容一下香港风光和感想，增加他生活的情趣（以往我每次出差归来，都要给带点当地风景片和给他形容山河景色、风土人情，以慰他有壮游之志而窘于斗室之苦衷）。但他外出练气功未回，嫂嫂出差，侄儿在校，我只好在门口留下香蕉和字条，即匆匆赶回我的住处。他后来给我打来电话，他那愉快的心情和洪亮的阳江嗓音，使我受到极大感染——有一尘不染之心；他还问见到运铁没有，我讲了你俩还要我给他带广东食品，我因行李太多而没有带；他要我向你再三致意。谁料这竟是他和我最后的一次欢快谈话呢？！后来我忙于各种会议，抽不出空来去看他。十二月二十六日晚上将近十时突然接到小清的电话，说回家见不到他爸爸妈妈，我叫他立即到医院急诊室去找，并随时和我联系。直到第二天下午，我从会议上请假，寻到地质所，最后到下午五时才寻到哥哥。原来他在大寒的日子里（十二月二十日，星期六）去所上班，和大家谈笑风生，和大家讲他最近研究的地球灾变和成矿关系的理论。他是在严寒大雪纷飞之际，和常人一样地挤公共汽车，转车又转车，上班下班，终于顶不住风寒，回家就感冒了，第三日（十二月二十二日，星期一）开始发高烧。没有交通、看病的条件，他也不大在意，转成支气管肺炎。二十六日下午二时由嫂嫂搀扶着乘公共汽车到医院看病，急诊室大夫立即觉察其危重性，要他立即住院。可是内科没有病床，该大夫对他很同情，想尽办法让他住进去，但他不是高干，终究不行。于是嫂嫂和他只好深夜乘末班车回家。第二天又连早饭也没吃，就在研究所帮助下辗转跑了几间医院，到下午五时才在友人仗义和解放军医院发扬救死扶伤的医道指导下住进262医院。虽然发着高烧，夜里因咳嗽而只能坐着而不能卧下，病情严重，他还是那样乐观，白天还坚持下床扭动扭动身躯四肢，说"懒了身骨就不硬朗。"可是，已经耽误太多时间了，已经"濒临总崩溃的边沿"（大夫语），光是支气管肺炎一项就可致命，而其时他肝、肾功能都不好。他的人品、他的精神感动了周围的同志，医生很关心，病友也很热情；除嫂嫂和小清外，地质所同志和我的几位研究生都来昼夜细心照料他。到一月中，好转多了，肺炎减轻，温度退到大约正常。他又在床上细心地指点起他的研究所前来护理他的博士生，还约好下次再来讨论他们的论文内容；一位老同事（也是他的老部下）从贵阳来看他，他更是喜悦异常，谈论多时，临别约人家星期天一定得来继续讨论，"要不，我就再也看不到你了。"（人家星期一要返贵阳），谁知这竟成了谶语！那位同志依约于星期日（一月十八日）来了，经过认真热烈讨论，他写下了修改其新著（关于地球灾变和成矿条件的新理论）的一些注记，那位同志写了可以支持其理论的野外勘测材料（这些他心爱的材料后来终于放在他身上带到另外的一个世界去了）。我几乎每天去看他，虽然每次总是提心吊胆的，只是冷静地挑选少数词语劝他"要爱惜每一分精力"。然而也许他病太复杂了，也许是什么原因，当大家都开始觉得有希望之际，他的病情突然急剧恶化，一月二十日开始出现半昏迷状态，我于下午赶到时，他的四肢插满了各种液体吊瓶，小清和我的一位研究生守在他身旁护理，他睁不开眼，呼吸短促，不断地艰难地喊着："庆存，扶我起来。"虽然有些模糊，他是多么想活下去，扶他起来工作，继续奋战在科研战线上呀！我无法说明我当时的心情，我也不断对他喊："哥哥，庆存在这。"他终于睁开了眼，望着我，清醒着，点点头。我握着他一只手，小清握着他另一只手。可是我没有能够扶他起来,他终于永远起不来了。我叫天,天不应;叫地,地无知;叫医生,医生的办法也似乎用尽(尽管仍在尽一切努力抢救,但为时太晚了)。再过了约一小时,他就叫不出声音来了,进入全昏迷状态,医生说已进入不可逆转阶段。第二天,医生终于确诊为尿毒症(血液高度酸性;其实,他已一天没有小便了,可是没引起医生注意)。二十一日晚九时五分他的心跳和呼吸停止了。其时小清和我的三位研究生在他身旁默默地垂下了头。我和嫂嫂在护士值班室里。我们不能哭,也不敢哭,怕惊动周围的病友——那是一个病床密得像沙丁鱼罐头的医院。

"天道无亲,常与善人",其然耶?否耶?像他这样一个有高尚品德和战斗不懈的人,为何如此早就结束其生命?如今已矣,剩下的路只好由我们去走,由我们去继承他未竟的事业。

晚上送嫂嫂和侄儿回家,我只能安慰他们,说哥哥奋战一生,为党为祖国为人民做出了贡献,在学术上有所建树,没有什么遗憾的。劝他们不要悲哀,不要回忆往事,要沉静,路正长,我们大家还要继续不懈奋斗。其实,我自己何尝能抑制得住呢?怎能不思量?更深夜静,万绪皆来,一幕幕萦回于脑际,略一编织,就形成了概括他平生和我的感恩之情一首诗:

少年贫苦降农家,身作耕牛未怨嗟。
发愤攻研酬父老,呕心探矿献中华。
沉疴奋搏坚强志,热液根深硕果花。
弱弟携扶得成长,如何春近哭天涯。

后来在二十六日告别会上,我泣血书此致祭于哥哥的灵堂,寄哀思于万一。

"做牛做马",这大都是形容生活的贫贱与艰辛。但于哥哥,这是实实在在的。我家贫无牛,哥哥曾常亲身作牛,背上驮上绳索,拉着犁耙,父亲在后面耕田,不怨天命,不辞劳苦,以助双亲、扶弱弟为己任。

他读书甚勤奋,以报答父母双亲抚养之不易。"老成练达,刻苦耐劳",小学老师对他作这样的评语;中学读书,学习工作双积极。后来,他读书、研究,用心甚专,杂念很少,全心全意为的是党、人民和祖国的事业。

他满怀豪情,攀山涉水,备历艰难险阻探矿,为的是中华民族的重新崛起。不争功,不谋利。他的成果,他的论文,至今都为遍布各地的地质队所使用和引用,并载入教科书和培训教材之中;战友们(许多是素昧平生、未尝谋面者)一直和他保持着书信联系。即使他病倒了,1966年本已上报的副研究员职称一直到1986年长达二十年被遗忘了,没有落实政策,甚至在相当长时间内还扣工资,他也默默无言,从未向组织申诉过;粗衣素食,淡泊自如,攻读不懈,助人不倦,有求必应。他为别人带研究生,编写教材,从未注上自己的名字。由于他功底深,根基固,又尘心不染,故能在那常人无法忍受的条件下完成了力作《论热液成矿条件》理论专著;在他生命垂危之际还在琢磨他的"地球灾变和成矿条件"的新学说。

他是那样乐观、无畏、顽强!记得1966年当医生给他下了判决书——肝硬化萎缩,不治之症!我听到犹如晴天霹雳,他始而心情沉重,继而豁达自然,我小心翼翼地劝他要小心保养、少活动,他报之以爽朗的大笑，说"人不畏死，奈何以死惧之"。手扶着车门把，挤进那超载的公共汽车车厢，向我挥挥手，他的笑脸随着车轮的滚动而离去。正是由于他的乐观和顽强，使他在动了危急的大手术后，死去活来，在几乎没有医疗条件的情况下，还比同等病例活得更长，更不必说他还是拼搏不息。虽说是手足情深，相依为命，眷眷之心，彼此照应，他毕竟是我的兄长，且不论他对我的扶持，他的胸怀气度，始终是我的榜样、我的良师。他是我的精神支持，每当碰到逆境，我就想到他，一股巨大的力量就支撑着我。

我是多么想、也确实应该给他一点帮助的。当此他的职称蒙老师和院长以及同行著名专家学者关心特批解决之后，我本想为他联系住医院，使他得到一点医疗条件的，他的心情也轻松多了。对于他，春天似乎临近了。谁知"树欲静而风不止，子欲养而亲不待。"天下事就是这样匆匆不可待，还没有等到联系成功，无情的寒风却硬是从他相依为命的弟弟、从他需要关心抚养的亲人和未成年的孩子、从他的同志和朋友中把他吹走了。

院里得知他病重住医院，很是关心，卢院长亲自指示干部局给方毅同志打报告，要给以适当的治疗条件，转到条件好的大医院去。可是当卢院长出差回京后得到批复时，我哥哥已离世一天了。

他有那么多的朋友。七八十岁的教授老师和步履艰难的师母，同事和青年、农民、工人和普普通通的人，都去慰问他遗下的亲属，这是对他亲属的莫大安慰，也反映出人们对他的评价。

因为年关紧逼，告别会只能在二十六日举行，虽然仓促，但卢院长、孙副院长、中国科学院京区党委书记、副书记、干部局局长、副局长、老干部老专家局局长，地学部诸副主任、科学报副主编，几个研究所的所长、副所长，都到场告别；陈开臻、曾剑飞、韩树荣三同志代表阳江乡亲也到会告别。院里还以"中国科学院"名义送了花圈；卢老院长、周新院长、严老党组书记、诸副院长、办公厅、干部局、各机关、地学部主任、一些研究所、各老师都送了花圈。哥哥生前那样平淡，死后获此殊荣，是始料未及的，这也可见其人其事感人之深。我也冒昧代你和李燊芳同志送了挽联和花圈，相信你们是同意的。

本来地质所和我商定要为他的骨灰盒写点他的事迹，过去人们也是那样做的。我们拟好了文，并决定由我写字。可是八宝山业务处新规定：一律只刻姓名和生卒年月日，而且必须是清一色刻字工人的笔迹。唉！"千秋万岁名，寂寞身后事。"他的工作成果会在世间继续起作用，后人自有纪念他的最有效的方式——踏着足迹，奋斗不息。不过，还是让我录下原拟的刻文，解脱我心头的重荷吧：

曾庆丰同志，中国科学院地质研究所研究员，杰出的地质学家和矿床学家。一九三三年十二月十四日生于广东省阳江县，一九八七年一月二十一日在北京逝世，享年五十四岁。在构造矿床学、热液成矿条件、矿田构造、脉体充填、矿液运移、包体测温和显微结构分析等方面有完整的学术思想，多创见，具有较高的理论和实用意义，做出突出贡献；并对地球灾变和成矿问题提出新的见解，成一家言。平生意志坚强，奋搏不懈，治学不倦，乐于助人，为人所尊敬和爱戴。

他的骨盒现存八宝山。

我失去了这样的兄长和良师，悲不自胜，实不愿想，如今只能对你诉衷肠，我也不能为其他人再写此情景了。

庆存上
1987年2月8日至21日

# 附录一 曾庆丰传（阳江县志）

曾庆丰（1933—1987），阳江县岗列乡（今阳江市岗列镇）玉沙村人。地质学家和矿床专家，中国科学院地质研究所研究员。

曾庆丰于1940年入学，小学和中学读书阶段成绩优异，经常为全班第一名，获免费入学待遇，并领取奖学金或助学金。1952年在广东两阳中学高中毕业，同年考入北京地质学院，1956年毕业并考取留苏研究生，攻读于列宁格勒矿业学院，专题研究高加索钴矿成因和矿田构造。毕业论文获专家好评，授予副博士学位。

1962年，曾庆丰学成回国，被分配到中国科学院地质研究所工作，从事矿床及矿田的研究。

曾庆丰全心投入学术研究，下矿井，钻山洞，走遍华北、西北、华东、中南有关矿山进行调查研究，积累了第一手资料。首次使用包裹体测温方法对江西南岭钨矿进行测试研究，对钨矿成因提出了独到见解，解决了矿床成因和勘测方向等问题。

1964年，曾庆丰到河南农村搞"四清"（清政治、清经济、清组织、清思想）运动，因当地瘟疫流行而染病，带病在农村工作和劳动两年，延误了治疗时机，至1966年回北京时，已确诊为肝硬化晚期——肝萎缩。医生嘱其全休，他回答说："人民培养我成为专家，我能不工作吗？"1972年，曾庆丰又因门静脉大出血入院抢救，切除了脾脏。虽然保住了性命，身体却十分虚弱，但他不颓丧，在日记中写道："人活着是要干点事的，哪怕生命还有一天，也要活得有意义！"曾庆丰的病床一边放着药品，一边放满了稿纸和资料，怀里揣着个热水袋，手在奋笔疾书。在其卧病的 21 年中，陆续发表了 50 多篇学术论文，完成 40 万字的《论热液成矿条件》专著。论文和专著共 100 万字。在矿床和矿田构造研究方面形成了一整套新的思想体系和工作方法。在成矿溶液流动方向、包裹体测温、矿床构造学、成矿期和成矿力学机制等方面均有创造性阐述。

曾庆丰成功地总结了矿田构造的规律性，著有《矿田构造基础问题》等论著，首先提出"构造矿床学"这门边缘学科，运用多学科方法解决矿液运移问题。首次提出灾变成矿说。在国内首先论述了脉体充填力学机制、矿田构造应变史和发展规律等，均为地质学界所肯定。

1966 年，中国科学院地质研究所拟晋升曾庆丰为副研究员，因"文化大革命"干扰未果。鉴于曾庆丰的学术成就，1986 年 4 月，中国科学院由院长为首组成特别职称评审委员会，通过曾庆丰晋升为研究员。《人民日报》对此事以及曾庆丰的事迹做了大篇幅的报道，并加评论员文章。

1987 年 1 月，曾庆丰终因肝病医治无效逝世，享年 54 岁。

**注**

本传载于《阳江县志》第二十一编，第一章人物传，1195—1196。该书为《广东省地方志丛书》之一，2010 年由广东人民出版社出版。

# 附录二　关于曾庆丰事迹的报刊报道选录

## A.《中国科学院科学报》第 681 期 1986 年 6 月 7 日

### 二十年呕心沥血　患重病卧薪尝胆
### ——曾庆丰在地质研究中做出重大贡献

**本报讯**　5 月 24 日，中国科学院院长卢嘉锡代表院党组和地学部研究员职称评审委员会，看望了被誉为活着的蒋筑英——中年地质学家曾庆丰。卢嘉锡说："你在地质科学的研究中做出了突出的成绩，应当受到大家的尊重。许多著名地质学家对你的工作给予了很高的评价。你带病顽强拼搏二十年，大家要学习你这种拼搏精神。"

曾庆丰是中国科学院地质研究所的科研人员，今年五十四岁。他一九六二年留苏回国后，一直从事矿床和矿田构造学研究。一九六七年患肝硬化病，一九七二年曾因食道静脉破裂大出血，做了脾脏切除手术。二十年来，他曾三次病危，仍以惊人的毅力，顽强地与疾病斗争，写下了百万字的论著。其中，二十五篇论文和三部论著，是在一九七八年科学大会以后完成的。

他在国内首先把显微结构分析应用于矿田研究；最早筹建实验室，进行包体测温研究；最早提出构造矿床学作为介于构造地质学和矿床地质学的一门边缘学科；在成矿的研究中提出热成矿的多元论、叠加性和脉动性观点；在矿床构造学的研究中形成了一套较完整的学术思想和工作方法：在国内首先论述了脉体充填的力学机制、矿床构造应变史和发展规律；首先把岩组分析应用到矿床领域。

他的科研成果和预见性，已在生产实践中发挥积极作用，并产生了重大的经济效益和社会效益。

为了充分肯定他在地质科学研究工作中做出的突出贡献，中国科学院地学部研究员职务评审委员会，根据涂光炽等十一位学部委员联合提出的建议，于5月24日召开了特别评审会议，一致通过曾庆丰晋升为研究员。卢嘉锡对曾庆丰说："小平同志讲，要尊重知识，尊重人才，我们就是要按照小平同志的指示，对你出色的创造性的工作，给予公正的、实事求是的评价。发现人才，培养人才，爱护人才，为人才的脱颖而出创造条件，这是老科学家的崇高职责。"

曾庆丰激动地表示，感谢党和老一辈科学家对他的关怀，决心更加努力工作，把自己的全部精力和智慧奉献给祖国。

（张北英）

## B. 1986年7月11日《光明日报》报道

> 曾庆丰带病顽强拼搏二十余载
> 研究矿田构造学获开创性成果

**本报讯** 记者刘敬智报道：中国科学院地质研究所研究员曾庆丰重病缠身二十余年，矢志不渝，在矿田构造理论研究上取得了开创性的成果。七月初，中国科学院京区党委授予他优秀党员的称号。

曾庆丰一九五六年从北京地质学院毕业后，被分配到中科院地质所工作。一九五八年去苏联留学，获得列宁格勒矿业学院副博士学位。一九六二年回国后，他不畏艰苦，经常下矿井、钻山洞、在野外搞调查。他学识渊博，工作成绩突出。但一场意想不到的灾难却突然降临，一九六六年，他患晚期肝硬化，被迫全休。

曾庆丰是个强者。他想，野外工作不能干了，可以干其他的，至少可以把以往取得的大量第一手资料整理、分析，总结出一些规律性的东西来。从此，他在病榻旁摆开了拼搏的新战场，一边是药片、药水、药壶，一边是笔墨、稿纸、资料。

一九七二年四月，他又因食道静脉（门静脉）破裂引起大出血，被送医院抢救，做了脾切除手术。医生告诉他，不要考虑什么工作了，只要病情不反复就很不错了。他说：人活着就要干点儿事情，哪怕生命还有一天，也要活得有意义。这之后，他继续刻苦从事科研工作，成功地总结了矿田构造的规律性，指出了矿田构造的时间、空间性和力学性，形成了一套新的思想方法和工作方法。这些成果，目前已被科研、教学和生产部门所采纳。

从一九八一年起，他开始了《论热液成矿条件》的写作。整整两年时间，他用宏观观察和微观分析结合的方法，把热液成矿的物质条件、构造基础和构造成矿三大部分逐一进行了分析论述。一九八三年二月，书稿初步完成了。可是不久，他却两次肝昏迷，三次被送进医院抢救。医生们惊讶地说："他身上出现的奇迹太多了。"

今年四月，中国科学院院长卢嘉锡收到了由乐森璕等十一位学部委员联名写来的关于晋升曾庆丰专业技术职务的建议。建议说，二十年来，曾庆丰带病在科研战线上顽强拼搏，在矿田构造和内生矿床学方面取得了卓著成绩，共发表了论文和报告五十篇，《论热液成矿条件》专著一部，共约百万字。他的多项研究在国内都是开展较早的，是我国有影响的矿田构造学家之一。

五月二十四日，由卢嘉锡亲自主持的特别评审会决定将助理研究员曾庆丰破格晋升为研究员。

## C. 1986年8月13日《人民日报》报道

> 廿一年卧病　百万字论著
> 前辈齐举荐　院长惜人才
> ——曾庆丰越级晋升为研究员

**本报讯**　《科学报》记者袁硕炎、本报记者张敏求报道：中国科学院在实行专业技术职务聘任制时，爆出了一个新闻——十一名学部委员联名写信给院领导，建议晋升地质研究所的助理研究员曾庆丰为研究员。写信的十一位学者都是地质界的前辈和权威，他们联名举荐一位中年科技人员，引起院长卢嘉锡的重视。5月24日，在院长办公室里，卢嘉锡主持召开了特别评审会议，会上一致同意破格晋升曾庆丰为研究员。

曾庆丰今年五十四岁，1962年从苏联获得副博士学位回国后，一直从事矿床和矿田构造学研究。他经常下矿井，钻山洞，作野外调查。当他风华正茂、充分施展才华的时候，灾难突然降临，1965年4月，经检查发现，他肝硬化已到晚期，不得不全休。野外工作不能干了，他就在床榻上开展研究工作，对收集到的大量第一手资料，进行整理、分析、总结。

在生病的二十一年中，曾庆丰几次生命垂危。1972年4月，他的食道静脉破裂引起大出血，被送进医院抢救，作了脾切除手术。当时医生就告诉他，不要再考虑工作了，只要病情不反复就很不错了。隔了一年，他消化道出血，以后又两次肝昏迷，三次被送进医院抢救。

他以惊人的毅力，顽强地与疾病做斗争，坚持搞科研，写下了百万字的论著。他成功地总结了矿田构造的规律性，形成了一整套新的思想方法和工作方法。他在国内首先把岩石显微结构分析应用于矿田研究，最早提出将构造矿床学作为介于构造地质学和矿床学的一门边缘学科；在成矿的研究中提出了热成矿的多元论、叠加性脉动性观点；在国内首先论述了脉体充填的力学机制、矿床构造应变史和发展规律，等等。他的研究成果被科研、教育、生产单位采用后，产生了重大的经济和社会效益。

曾庆丰的研究成果得到地质学界专家们的高度评价，他带病顽强拼搏的精神更使他们感动。他们极力推举这位精神高尚、贡献突出的助理研究员。七十八岁的地质学界老前辈杨遵仪先生，为推荐这位杰出的人才，带着起草好的信，骑着自行车到另外几位学部委员的家里请大家签名。

卢嘉锡代表科学院党组和地学部研究员职务评审委员会看望曾庆丰时，对他说："小平同志讲，要尊重知识，尊重人才。我们就是按照他的要求，对你出色的创造性的工作给予公正的、实事求是的评价。发现人才，培养人才，爱护人才，为人才的脱颖而出创造条件，这是老科学家的职责。"

# 附录三 《论热液成矿条件》[①]

## A. 内容简介

　　本书提出"构造矿床学"的概念,把它作为介于矿床学和构造地质学之间的一门边缘学科,目的是把内因和外因结合起来研究成矿机制和规律。本书从这一观点出发,论述了热液成矿的物质条件和构造条件。这在国内是初次尝试。

　　本书在构造矿床学、热液成矿多元论、矿液运移、矿田构造应变史、矿田构造发展规律性、脉体充填的力学机制、多期构造与成矿叠加性、同期构造与成矿脉动性、矿田构造的岩组分析以及构造与成矿的关系等方面都有较详细的论述。

　　本书对从事矿床及矿田构造研究的科研、教学和实际工作的同志有参考价值。

## B. 序(涂光炽院士)[②]

　　长时期以来,对热液矿床的理解,局限于岩浆期后热液矿床,二者是同义语。大量的非岩浆热液矿床,尽管无疑是热的成矿溶液形成的,由于这种偏见

---

① 《论热液成矿条件》,曾庆丰著,科学出版社,1986 年。这里择登书中的"内容简介"、"序"和"作者的话"。
② 涂光炽院士是世界著名地质学家,曾庆丰的恩师。

而被视作非热液矿床。

由于传统的束缚，多年来所讨论的热液成矿条件也主要指岩浆期后热液矿床。现在是时候了，应当恢复热液矿床的全部面貌，即包括岩浆热液矿床和众多的非岩浆热液矿床。

本书作者对热液持广义见解。即除岩浆热液外，还包括地下水热液、变质热液、混合岩化热液、叠加热液等。这种见解比较符合实际地质情况。书中论述了各种不同热液形成的矿床特征、成因、物质来源等问题，并概括为"五多性"。提出了热液成矿多元论的观点。一般说来，矿床的多成因性是普遍存在的，作者对此作了强调，是从实际出发的。继而，作者剖析了矿液运移问题，从不同角度探讨了这一个在矿床学上费解的问题。总的说来，作者在这个问题上的态度是客观而严谨的，所用的都是实际资料，讨论也符合实际情况。

本书的侧重点是成矿构造条件的分析，即矿田构造的分析。作者长期从事本项工作，已逐渐形成一套完整的学术思想与工作方法。作者把矿田分为同生与叠生两大类，这是一种新看法。作者指出，矿田构造的形成主要是地壳水平运动的结果。而脉体的充填主要是在构造拉伸条件下、即地壳垂直运动中形成的。这种把矿田构造的生成和充填与不同地壳运动方式相联系的做法，在地质界中是新颖的。作者总结了矿田构造发展的规律性，把它上升到理论高度。书中引用了岩组分析方法，这在国内尚属首创。

本书第三部分讨论了构造与成矿的关系问题。作者首先着眼区域构造与成矿规律的分析。之后，深入地阐述了各种不同的控矿构造。特别值得一提的是作者把构造的多期性与成矿多期性密切结合起来，这种尝试在国内外尚不多见。

总之，本书的基本指导思想是把矿床学与构造地质学结合起来，从成矿的内在因素与外部条件两个方面，阐明矿产的形成机制及赋存条件，即作者所提出的"构造矿床学"。本书全面地处理了各种热液矿床及其构造控制问题。在我国，作这样的尝试还是第一次。

本书作者是有为的中年学者。多年来带病坚持工作。在与疾病做斗争的条件下写出这数十万字的著作，还有其他许多文章。确实是斗志坚强，难能可贵。

愿以此短序祝贺本书的出版。

涂光炽

1983 年 11 月 16 日

## C. 作者的话

过去一提起热液矿床，很自然就想到是指岩浆成因的内生矿床。这种概念可以说是根深蒂固的，但是它是很不全面的，远不能概括所有成因的热液成矿作用。

固体矿床基本上可分为三大类：内生矿床类、外生矿床类和复生矿床类。后者包括了两种或多种地质作用所形成的矿床。近代所兴起的层控矿床，虽然各家说法不一，但把它归入复生矿床一类较为合适，因为层控矿床都经过同生沉积和后期改造两大成矿过程，所以它们既具有沉积矿床的特点，又有热液矿床的特征，这样就打破了内生和外生的严格界限。

顾名思义，热液是指高于常温的含矿热水溶液，这种热液绝非只有岩浆单一来源，在其他一些地质过程中同样可以产生。因此，原来岩浆单一成因学说，是不能全面地解释各种热液成矿的因果关系，更不能包括所有热液成矿的内容。基于上述，我们把热液矿床按成因分为①岩浆热液的、②古地下水热液改造再造的、③变质或混合岩化的、④气液叠加的等四种基本类型，当然还有⑤复合热液矿床。把它们等同并列起来、"平起平坐"。由此可见，热液矿床的类型是多种类的；形成模式是多成因的；成矿物质是多来源的；成矿过程是多期次的；成矿构造也是多类型的，即热液矿床具有"五多性"的特征。根据热液的多源性和成矿的"五多性"特征，我们提出热液成矿多元论的观点。

矿产的形成，正如地壳上任何地质现象一样，都是构造运动的产物。矿产作为独特的地质体取决于两个因素，其一是物质因素，其二是成矿的构造条件，这两个因素相互配合，相辅相成，二者必须同时存在，才能成矿。

正如物质条件一样，构造因素是成矿的先决条件之一。构造运动导致沉积成岩成矿的发生；它导致岩浆及成矿物质由深部带到地壳上部，为矿质的运移提供了通道和沉淀场所；构造运动促使变质成岩成矿作用的发生；它引起成矿物质的活化、转移和再沉淀，也可引起破坏作用等等。

由上可见，研究矿床的形成，只从矿床本身的内因去工作是不够的，当然也不要单纯地只谈控矿构造问题。因为只强调某一方面而不能顾及全面，未免就产生某些局限性和片面性。我们认为，应该把成矿与构造密切结合起来。为了体现出这种观点，我们提出"构造矿床学"这一概念，把它作为构造地质学和矿床地质学相结合的一门边缘学科。其出发点就是从成矿的内在因素和外部条件两个方面去研究矿产的形成机理和赋存规律。本书的用意就是从"构造矿床学"的角度出发，对有关含矿热水溶液成矿作用的内因和外部条件作一肤浅的分析。"构造矿床学"还是一颗弱小的幼芽，但可以认为，这条路子是对头的，方向是正确的，因此，今后当朝这个方向作进一步工作，以期逐步发展和完善。

中国科学院地质研究所领导和第二研究室给以作者多方面的关怀和支持，创造了各种有利条件，使工作得以顺利进行。

作者的良师、中国科学院地学部主任涂光炽教授审阅了全部书稿并为本书写了序言；学部委员尹赞勋、叶连俊、袁见齐、杨遵仪、王鸿祯等教授以及孙枢、朱上庆、刘梦庚、翟裕生教授和易善锋、苏明迪、叶大年、钟大赉、杨柏林、钟嘉猷、欧阳选、蔡书第等同志从各方面给作者以支持和帮助；工作中承蒙很多单位的支持，他们提供了很多资料，包括珍贵的图件和分析数据；所内各实验室提供了诸多测试数据；陈爱华、李凤仙同志清绘和加工了大部分图件，使本书提高了出版质量。作者在此对他们一并表示深深的感谢。

由于作者水平有限，工作做得不够，缺点错误在所难免，书中对一些问题阐述尚欠深入，对构造与成矿的关系结合不够紧密，模拟实验工作不多，等等。作者怀着至诚的心情，等待着专家和同行们的批评指教。

曾庆丰<br>1982 年 11 月 24 日于北京

# 附录四  《构造矿床学——曾庆丰论著选编》[1]

## A. 内容简介

　　本书选收著名地质学和矿床学家曾庆丰有关"构造矿床学"的原创性代表论著。从成矿的内存因素与外部条件两个方面，阐明矿床的形成机制及赋存条件，包括矿田和矿床构造、热液运移和成矿及其多元性、矿田构造应变史及发展规律、脉体充填的力学机制、矿田构造和成矿的多期性和脉动性、岩组分析方法，以及灾变成矿问题等，形成完整系统，即融合构造地质学与矿田矿床学，把矿田构造学提升到更高层次的"构造矿床学"。

　　本书对从事矿田和矿床构造的科研、教学以及矿产勘查和矿山地质人员有参考价值。

## B. 序（翟裕生院士）[2]

　　曾庆丰同志是我国著名的地质学家和矿床学家。他早年以优异成绩毕业于北京地质学院，后被选派往苏联列宁格勒矿业学院深造，1962 年获副博士学位。

---

[1]《构造矿床学——曾庆丰论著选编》，科学出版社，2016 年。这里只选登书中的"内容简介"、"序"、"编者的话"和"跋"。
[2] 翟裕生，中国地质大学教授，中国科学院院士，是世界著名的地质学家和矿床学家。

归国后一直在中科院地质研究所任职,他热爱科学,勤奋耕耘,以矿田构造为主要研究领域,回国几年中就发表多篇富有创见的学术论文。不幸的是1965年他患病,确诊为肝硬化晚期。此后20多年中他以惊人毅力顽强地与疾病作斗争,坚持研究工作,著有专著4部,论文50余篇,对矿田构造和热液矿床的主要问题,在理论和方法上都有系统的创见。可惜他1987年1月与世长辞,54岁英年早逝,使我国痛失了一位杰出的中年科学家。

矿田构造学专门研究构造的成矿作用,是一门交叉学科,它对认识矿床成因和矿床分布规律,据以指导矿产勘查工作起到关键作用。正是由于它具有重要的理论和实践意义,庆丰同志为此付出了毕生精力,做出了突出贡献。

他经常去矿山,下坑道,直面矿体,精细观测。在苏联期间系统研究了塔什克山钴矿的矿田构造和矿床成因,回国后以赣南钨矿区为基地研究热液矿床的构造控制,在国内首先运用岩组分析方法研究矿田构造,起到示范作用。

他以对多个矿床的实际研究为基础,全面探讨矿田构造的基本问题,其中,关于成矿裂隙的生成及其脉动性、脉体充填的力学机制、矿田构造演变史分析等都是由他首创。他又进一步总结矿田构造运动的规律性,逐步形成了一套完整的学术思想与工作方法,奠定了矿田构造学的学科基础。

他从矿田构造入手,运用多学科手段,全面研究热液矿床的成因,著有《论热液成矿条件》一书,从实际出发,提出热液成矿多元论;阐明热液成矿的物质条件和构造条件;深入探讨热液运移的通道、流动过程和富集机理。这是我国首部全面论述热液矿床成因及其构造控制的专著,有重要影响。

在深入研究矿田构造的基础上,他率先提出构造矿床学的理念,将构造地质学与矿床学有机融合,将成矿内因与成矿外因相结合,全面研究成矿规律。同时,也将矿田构造研究内容扩展为大地构造、区域构造、矿田构造和显微构造的成矿作用,将矿田构造学提升为更高层次的构造矿床学,这是对地质科学的重要贡献。

他对构造叠加与成矿叠加、层控矿床成因等都有独到见解；他提出的地球灾变成矿论，也显示了他的科学洞察力和创新思维。

总之，曾庆丰同志对矿田构造学直到构造矿床学在我国的建立和发展起到了开拓和奠基作用，学术影响深远，其研究成果至今被科研、教育和生产单位广为使用，并被载入教科书和培训教材之中。

尤其感人的是，上述成果的主要部分是在 20 多年与疾病顽强斗争中取得的，他在重病中坚持科学研究，把个人命运完全融入祖国需求和科学进步之中，达到了生命不息科研不止的崇高境界。他热爱祖国、热爱科学、鞠躬尽瘁的高尚品德和顽强的战斗精神为我们做出了光辉榜样，为人所尊敬和爱戴。

我与庆丰同志在北京地质学院相识，我们都以矿床学为主业，志趣相投，互相切磋，他治学严谨，求真务实，开拓创新，尤其是他多年来带病工作的坚强意志使我十分感动，深受激励，至今我还深深怀念这位挚友。

在他离开我们 30 年后的今天，出版这部论著选编，收录了他的主要论著、生平经历、回忆文章和媒体报道，如实地反映了庆丰同志的学术贡献和科学精神。我们缅怀庆丰同志，不仅要继承和发展他的学术成就，还要学习和发扬他的无私奉献和顽强拼搏精神，为实现中华民族的伟大复兴而奋斗不息。

翟裕生<br>2016 年 5 月 16 日

## C. 编者的话（曾庆存，曾清）

本书选收了著名地质学和矿床学家曾庆丰有关"构造矿床学"的原创性代表论著，其中专著 1 本，论文 19 篇。第一部分为专著一部，专著为《论热液成矿条件》，于 1986 年由科学出版社出版发行。第二部分为论文 19 篇，其中前两篇为其拟写的论著的详细提纲，原是作者将矿田构造的实际工作经验总结上升到理论，以便再落实到对实际工作的指导中去，而为省级地质矿产局或地质学会印行，发给省级各有关单位以及有关科研和实际工作人员参考的文本；另一篇则还只是"献给全国第一届矿田构造学术会议"的预印本。至于其他 16 篇文章，都是作者通过第一手资料和实际工作经验总结或对理论深入思考，有所发现，有所发明，是其最早的原创性工作，其后继工作则未选入。作者正是基于上述这些工作，结合实际，总结提高为理论，形成他所倡导的"构造矿床学"。至于"构造矿床学"的主要内涵，它的学术理论意义和对实际工作的价值，在翟裕生院士为本书所写的"序"，以及涂光炽院士为《论热液成矿条件》一书所写的"序"中，有十分精辟的说明。

选编中最后一文《灾变成矿论》可看作是"构造矿床学"的内容或其延伸；是论述地球遭到外因或内外因素综合的灾难时，发生了构造变化和物质条件的变化而成矿。在这方面，他还有一篇未完成稿，临终前在病床前推敲及与同仁讨论。可惜由于我们的愚昧和对逝者的虔诚，竟将这些手稿和手表（他最爱惜时间）一起置于其衣袋中随他带去，结果是灰飞烟灭，不得留在人间，极为遗憾。

地球科学大师涂光炽院士和杨遵仪院士等老前辈悉心指导曾庆丰的研究工作；李四光、尹赞勋、张文佑和陈国达等大师关于地质力学和地质构造学的学术思想深深熏陶和影响着曾庆丰的学术思想；著名矿田构造学家翟裕生院士对曾庆丰生前作了亦师亦友的指导和合作；著名地质学家孙枢、叶大年、钟大赉诸院士等对曾庆丰的领导、关心、帮助和合作，以及诸多同事和他的合作共事，都是使他工作有所成就的重要因素，曾庆丰生前时常感激和乐道这些师友的深厚情谊。曾庆丰的夫人蔡书第对曾庆丰研究工作的大力支持和生活上的细心照顾，父母亲曾明耀、曾杨氏对曾庆丰的抚育培养和病中的照顾，则是使曾庆丰能够顽强与疾病战斗、专心研究工作的精神支柱和物质保证。总之，所有这一切，都说明曾庆丰生前活在伟大的中华文化和人人互爱互助的社会主义温暖大家庭之中。

编者是曾庆丰之子（曾清）弟（曾庆存），受其抚育和携扶成长，早该选编其遗集出版。不幸曾清之母亲于1999年辞世，遗著遗稿未及整理好，种种原因致使此事一直拖延下来，我等深感惭愧内疚。今幸得诸多亲友大力协助，终于搜集到大部分材料，整理而得以出版。其中翟裕生院士、曾庆丰的老同学宋云华大姐和科学出版社韩鹏先生出力甚多，审校了全部内容，组织出版，翟院士还赐"序"。编者无限感激，若庆丰泉下有知，亦当热泪盈眶，感激万分。亡友、老同学罗运铁同志及其亲人李燊芳、罗路、罗荧，在家乡阳江的老学长、阳江市档案局老骨干林耀棠（今已故）以及庆丰之四弟庆材（今已故）和侄繁能，提供了许多珍贵的材料。中国科学院大气物理研究所的同仁雷恒池、曾晓东、吴琳、张东凌、靳江波、王昭、谢力、张莉、赵芹、陈文程等，国际欧亚科学院中国中心彭公炳、解楠、李炳光，以及中国科学技术协会中国国际科技交流中心刘莉、黄晓东，对书稿的搜集、整理、影印、录入、校对和翻译等繁重的工作给予了大力协助，在此一并表示衷心感谢。

出版本书，一则为了纪念亲人曾庆丰研究员逝世三十周年，二则希望我国广大的有志于科学创新的青年学者，继承前辈的理论联系实际和科学创新的精神，能够进一步将"构造矿床学"加以发展，开拓出一个光明广阔、生机蓬勃、有利于国计民生的学科园地来。

本书亦以纪念亲人（曾庆丰的夫人，曾清的母亲）蔡书第高级编辑（1933—1999）。即使只就编辑出版曾庆丰的著作来说，她是花尽了心血的，是她富有成效的劳动成果的一部分。她和曾庆丰是北京地质学院的同班同学，毕业后留校在地质博物馆工作，为模范工作者；1972年后调到中国科学院地质研究所，当时她的主要工作单位是"地质科学"编辑部，该刊被评为优秀科技期刊之一，她曾获得1992年"老编辑银奖"。

特别说明的是，因所收集论著来源多处，且时间跨度大，格式标准不尽统一，本着尊重历史、忠实原著的精神，所用物理量单位、符号、图例、参考文献、图表序号等尽量保留了原文风貌。

编者　曾庆存　曾　清<br>2016年5月23日

## D. 跋（曾庆存）

刚编成本书，却又勾起往事的回忆，浮起来的遐想，思绪万千，不得不提起笔，写下这些情思。庆丰于我，既是兄长，对我尽父兄之责，教导扶持提携，恩重如山；又是友于甚笃，相依为命，关心照顾，切磋砥砺，艰苦奋斗，同心共勉，真正是同呼吸、共命运的同胞、同窗、同志，从儿时以至于成立。不幸他英年早逝，悲痛万分。惟悲痛无用，只能化悲痛为力量，继续奋斗，冀能有补于他未竟的事业，孝敬父母，为国为民为事业，有所成就。惊回首，自他辞世至今，倏忽已三十年了。又经历了父母双亡，兄和嫂、内子和四弟先后辞世，而我命蹇，于事业少有所成，实愧对先人。今幸得分别将先兄和先内子各一本遗集编成，也许可慰先人于万一，心头释却一个重荷。

顾我们生长于穷苦农家，父母爱子之心，既为天性，更关人事，对我们爱护关怀备至，甚至在极其艰苦困难的情况下，送我们两兄弟入学读书。不过我们从小就得从事几如大人一样的农业劳动。早起夜归，课时上学，课余耕作，晚上才能在父亲手执火把照明之下做作业。然而我们是安命的乐天派，既能享受读书受教育之福，又能享受劳动艰辛考验的快乐；既有浓浓的天伦之亲情，又有身处大自然之中的天人合一的和谐。每逢星期日和暑假，我们两人都在屋后数丛绿竹和芭蕉之下，摆着小桌子做作业，做完作业就凭几嬉笑倾谈，近观水池子的浮云倒影，远望连绵起伏的青翠山岗，闻稻花的香气，听拂树的风声。在小学到初中低年级，课程主要是语文和算术，也有"常识"或"自然"课，无非是关于天文和地理（地球上的自然现象，包括动植物）的极简单的知识，而我们就身在其中，目见身触，亲自体验，并结合从语文中学到的关于天人合一的传统中华文化，很是亲切。庆丰哥最喜爱绿竹，景仰其坚韧直立、无心有节的拟人化的君子之风，佩服其不拘于山岩石隙都能生长且几无废料而为人民作多多的用途（至少是对农民）。那时兴起笔名，他的笔名就叫"竹风"。他对父母很是孝敬，大学毕业后，尤其生病后，因不能在父母身边侍候，且还需要母亲帮助照顾生活，常常与我谈话时伤心落泪，嘱我要为他补劳。庆丰哥殁后，我只能想尽办法瞒着父亲，频频梦见父亲或哥哥，有一次居然梦见他们重逢在一起亲密地边劳作边窃窃私语，醒来梦境犹萦回脑际，感慨难忘，凝结"绿竹芭蕉赞"二首诗。其中"绿竹"一首实是写庆丰哥，而拟人化地写竹，今录于此以作为对他的纪念："不拘海角与天涯，献绿山河不着花，有节无心人已赞，夜思亲际泪如麻。"其实，庆丰哥一生是勤于奉献而淡泊无华（花），类于绿竹，而竹林则在后半夜至清晨往往叶梢吐水下滴，如点点泪珠，滴落到大地母亲身上。

我俩一直保持着切磋学问的习惯。虽在进入大学以后，我们不再是同班同学讨论同样的课程，而是切磋不同专业的问题。我们还是脱离不了少年时接触的"自然"的环境，研究的是地球科学，只不过是专业不同而已，但可融通之处即"同一性"很多。从大方面来说，我们也很谈得来。其实，我们研究的都属于力学和热力学范畴，而且都是既基础又实用的很复杂的问题。哥哥要处理的是地球内部的地质过程，是演变时间甚长的非牛顿流体力学和固体或流变学与多相流问题，而我要处理的则主要是地球大气和海洋中的过程，受地球重力和旋转严重影响的冷热不均（所谓斜压）的流体力学问题，它虽然也非常复杂，但相对简单些。

作为自然科学研究的两大方法，观测实验和理论思维，对研究大气和海洋来说大体是行得通的，人们可以通过观测手段（再加入一些补充的实验）和应用已经掌握的物理学上的定律等来研究它们。但对研究地球内部的"地质过程"就局限性较大了。人，包括眼力及其延伸（仪器）观测难于进入地球内部，且地球内部的环境条件以及物质结构和属性也未曾为已有的物理学的实验和定律所认识，从而不确切度（今人多说成不确定性）要大些。其次，无论是地球内部或地球上的大气和海洋，其结构和运动过程，空间和时间尺度都跨度极大。运动和物性分布很不均匀，时间变化多端，非常复杂，不可能单凭几条物理定律等就能解决实际问题。比如天气-气候预报，地震成因和预测，和找矿探明矿床结构和矿贮量。好在人的智慧与日俱增，发明和拥有了高速计算机，发明了各种高速有效的数值计算方法，于是世界上在20世纪下半叶起就拥有了第三种研究方法和平台：数值模拟方法和平台。它是虚拟世界中的试验，模拟真实的物质世界的实物观测和试验，虽然它不可能代替实物观测和试验，但他可以相互验证和补充；数值计算也不可能代替定律和公式化的表述，但可以相互验证，尤其是通过另一些数学方法可以从数值模拟结果产生的大量数据（今天称为"大数据"）中分析发现公式化表达的规律性（定律）和得出一些未知的如物性等的参数（即一些普适的或特有的所谓物理常数等）。特别是对于极复杂的实际问题，只可能通过极大数量的计算（今天称为"超算"），而不能用公式化的求解方法来解决。

就在20世纪70年代末80年代初期，当时哥哥倡导"构造矿床学"，我们俩就想开展数值模拟研究方法来解决各自的具体研究问题，有一些共同的认识。那时，世界上大气科学中的数值模拟研究已经发展迅猛，而我国则因受制于高速计算机的缺乏而较落后，需要大声疾呼其发展，于是在 1983 年 1 月借"中国科学院地学部学部委员会议"之便，我基于我们的认识作了《大气科学中数值模拟研究——理论研究和实用相结合》的报告（后发表于《大气科学》，第九卷 2 期，1985），除讲大气科学问题外，专辟讲地学一般问题的第七节《地学学科应用计算技术和数值模拟研究的前景》，其中说道："地质力学——大地构造、地震和成矿理论最终必定会发展成既是定性的又有定量的理论。只要能够从数学物理和力学及化学的最一般原理出发，对现有的各种理论进行概括，不难提出可供作数值模拟试验的数学模式，尽管其中还含有某些未能确定的参数，甚至某些未搞清的物理——力学的或化学的规律，但可以通过大量的数值试验，经过比较之后，选出其中合理的和正确的，从而建立相应的理论，甚至还可以发现用传统的方法难于得到的规律性。未来地学的突破，十分可能是以现有观测事实为依据，通过数值模拟研究来实现。"这既是我的看法，也反映了哥哥的观点。我尤其坚信这最后一句话。

当时我年少无知，囿于见闻，除知道本研究所的地球物理学大师傅承义和顾功叙二院士的自然和人工的地震微波理论外，不晓得还有王仁院士关于固体地球内的应力和于崇文院士关于矿藏形成的地质方面的理论模式等，它们当时就可以用作数值模拟试验研究。可喜的是此后三十余年来，无论国际、国内，除了大气和海洋科学之外，关于固体地球各学科和空间科学方面的数值模拟研究都已蓬勃发展起来了，有了很大的进展。今天世界各重要国家都设有专供地球科学数值模拟研究用的超算中心和平台，我国也首先由中国科学院发起并作为法人，即将建立起"地球系统数值模拟装置"，专门用来做地球科学研究之用。这是国家级的大科学装置，由超级计算机和地球科学各种理论模式和相应的计算软件以及可视化系统组成，这一平台供全国地球科学界共建共享共同研究使用（包括国际合作），这是个好消息。原型机今已建成，并已有我国自主研制的大气、海洋、地球环境、陆面物理过程和植被生态动力学、固体地球和空间科学的一些模式在试运行，已有很好的结果。企盼能早日建成此装置，促进我国地球科学的理论和应用各方面研究工作有更快更大的发展。

曾庆存谨识<br>2016 年 5 月 25 日

曾庆丰工作照

曾庆丰（右）、蔡书第合照。摄于1956年秋

远方通信——怀念我的兄长曾庆丰 81

曾庆丰（右）、蔡书第（左）、曾清（中）合照，
1978年罗运铢摄于曾庆丰宿舍中

曾庆丰（右）和曾庆存（左）合照，1960年摄于苏联列宁格勒

罗运铢（右）和曾庆丰（中）、曾庆存（左）合影，1978年摄于北京曾庆丰宿舍中

# 为了轻装的写记

## ——纪念我的发妻卢佩生同志

1952年夏，卢佩生和我都高中应届毕业，响应国家号召，参加高考，结果都如愿以偿考取了第一志愿：北京大学物理系。11月从广州统一乘火车到北京，进入燕园（北大新校址）。当时物理系新生有一百人被分配学习国家亟须发展的气象学，佩生和我都在其中。虽然此前我们并不认识，但同是来自广东，讲话彼此听得懂，就容易接近和交流。大概也由于当时我在班中是年纪最小个子最小者之一，又非常单纯幼稚，女生和这样一个小弟弟接触也毫无顾虑。佩生又是心地善良、天真无瑕，我们都是心底透明的，彼此就不免诉说当初报考北大物理系做的原子梦，而今要学习气象学的苦闷。但毕竟我们都是爱国的热血青年，觉得应该服从国家安排，心里很矛盾。经过学校对我们进行国情和爱国主义教育，尤其是动员同学们给最可爱的人——抗美援朝中国人民志愿军战士写慰问信，我们都热血沸腾，想把自己的一切都交给祖国。我们彼此交流心得，开始热爱专业学习，决定为祖国将来气象事业的发展做贡献。在1953年暮春时节，燕园未名湖畔，绿柳迎风，榆叶梅花艳红簇簇，我们一起漫绕湖堤，互相勉励，这是我们共同进步的开始，此情此景，毕生难忘。

我们班（气象专业1952级）大多数同学大体上也经历过同样的思想转变过程，由不了解到热爱专业、为国家而努力学习。毕竟大都原是怀着原子梦（要研究当时最新潮的原子和核物理学）而来的，大都原是各中学的尖子。只不过程度或多或少、或深或浅，转变过程有先有后、有长有短而已。我们班思想进步、学习努力和相互友爱是相当突出的，也是校中的模范班。后来我和佩生也先后被吸收为新民主主义青年团（今共青团）团员。在佩生和我之间，学习上有着更多的相互帮助的机会。她来自大城市广州，就读于培正中学这样极高水平的名校，有被称为数学王、物理王等等名师的指导，她自己还是数学课代表；我则是出自偏僻的小地方，尽管在当地班上也算是前茅之列，但毕竟受到的教育程度，尤其是数理化和外语的水平，比她还是差了一大截的。佩生常能解答我在数理课程学习中的许多问题；而我则因长于农村，半耕半读，对自然界、对气象及其与农业的关系有亲身的感知，可以回答她在气象专项学习中的许多问题。可以说相互促进、共同提高。当时非常强调集体主义精神，不使任何一个同学（学习中的"战士"）掉队。班里学习互助是有组织分工的，佩生和我都参加了为个别同学因种种原因在某一课程中有些困难的学习辅助活动。

有不少无意的偶然，唯其是偶然，所以印象深刻。当时我是木头，佩生却是细微关注我的，但确实也是无心无意的。因为直到1960年秋，我俩也并未进入恋爱状态，顶多像是青梅竹马，童心无邪罢了。一件事是，1953年夏天，学校安排我班到584气象台（即当时中央军委气象局、今中国气象局所在地）和军委气象专科学员一起，进行气象观测实习。

该气象台在五塔寺旁，584即其谐音。我还是习惯于赤脚在泥水地上走，结果被碎玻璃扎入脚板化了脓，是佩生和另一两个同学送我到医务室手术治疗，她细心照顾我，看到我脚的肿痛甚至转脸哭了。第二件事是，从一九五四年起，每逢五一、十一，都由我班同学制氢气灌气球。那时制氢要力气大，动作要敏捷，也有些危险，每次总有我的份。节前一日抬氢气缸入城，场地是东黄城根附近的一所学校，连夜制氢，直工作到次日近午，我们才加入游行队伍，走过天安门前，接受毛主席、周总理等国家领导人检阅。游行毕，到西皇城根附近的一所中学集中休息，等到晚上再到天安门广场参加大联欢。记得有一次我太累了，在中学休息时竟坐着睡着了。等我醒来时，佩生从我肩背上取下她亲手编织的那件带花纹的毛衣，我望着她只是笑了笑。大概是她怕我着凉，就脱下自己身上穿着的毛衣覆盖在我身上。在众多同学眼中她是出于自然地这样做，似乎也不觉得不好意思，因为还是一片童心嘛。还有一件事是，每逢星期六晚，当时被称为东亚第一大的大饭厅会放电影，但我们很少去看。只记得佩生约我去看过两场，一场是《智取华山》，一场是《草原上的人们》（或者叫《敖包相会》什么的）。我们在很远的地方站着，还得踮起脚尖才能看见。因为很少看电影，而这两场电影内容又生动，像解放军战士的艰苦卓绝和智勇双全，那十五的月亮，跨上时代的骏马飞驰在草原上的豪迈奔放，都令我印象非常深刻，没齿难忘。

一九五六年大学毕业，同学们都分配了工作，走向新生活。佩生被分配到中国科学院院部工作；我被选派参加赴苏联留学的考试并被录取，于一九五七年十一月到莫斯科当研究生。一九五八年是我国建设社会主义探索的重要一年，毛主席提出的饱含哲理的口号，如："破除迷信，解放思想，力争上游"；"要又红又专，相互交心，团结一致"等等；还有毛主席在莫斯科对中国留学生的讲话，令我们受到极大鼓舞和思想上的极大解放，这些是无法用言语形容的。如果没有这些思想动员，在学业上我不可能无畏地研究原始方程并找到半隐式差分方法。在提高思想觉悟和参加组织工作上我热情积极，踏实地实践；我还给张镡等同学写信交心，谈了我对自己的和我班几乎每一位同学的优缺点和意见，并请他转达给同学们。但索尽枯肠，就是提不出佩生的缺点，因为她是那样善良、单纯，像白纸一样。直到1960年秋之前，佩生和我天各一方，在各自的岗位上，专心致志，没有音信来往。

1960年夏，我国分批将留苏学生接回国内学习和休假，我就顺便看望了我班在京的各位同学。我去看佩生时，她正在开会，会议后她的领导——生物学地学部办公室主任陈璧如同志（女，老革命）和佩生一起会见了我。三人之间谈话的时间和内容都不很多，但很融洽。结婚后我才得知，正是那次接触，陈璧如同志对我的印象很好。她们俩后来又做过长谈，陈璧如同志建议佩生，要找对象就找"他"——曾庆存，简朴、诚恳、踏实，这样的人靠得住。我和佩生得以结合，衷心感谢陈璧如同志这位大恩人、大媒人。不幸的是一年后陈璧如同志就辞世，她没能看到佩生和我结婚，我们至今都珍藏着她的照片，纪念她。

在京学习后，我要回故乡阳江省亲，必经江门（佩生父母工作居住的地方）。佩生主动来看我，并托我将一包裹带给她家，包裹中有毛衣一件和鞋一双。我到江门，寻到她家，她的父亲上班未归，她母亲接待了我。我也不知道该怎么称呼和说什么话，交上包裹，谈话了一会儿，即匆匆离去。后来我才意识到，佩生很孝顺，自己的大事要征求父母意见，托我带包裹就是让父母相亲。可是我当时并不知道，就那样谈了一会儿就走了。回北京后，佩生又来看我两次，并到火车站送我们这批留学生上火车前往莫斯科。

已是深夜，火车开动，我这才进入了恋爱状态。佩生的身影和一个个往事在脑里不断出现，一幕又一幕，循环往复，脑海里想的全是她，一夜兴奋难眠。车到山海关，旭日初升，关山壮丽，大海无涯，祖国辽广雄伟。联想到这次留学生回国学习的目的——"自强自立、卧薪尝胆"，思想一下子将革命者的人生、将跨着时代的骏马、将十五的月亮的歌声、将榆叶梅花簇拥中漫绕未名湖共求进步的初情等等，联系起来，心情兴奋激烈。我觉得"许放春心花共发"，我们应该相互促进，"同怀壮志变山河"，于是我懂了佩生的心，领了佩生的情。当时心潮涌动，就写出《车过山海关，感怀南寄》的两首诗（见"华夏钟情"，第138—139页，作家出版社，2002年。注：今附于文后）。到莫斯科我就写了一封信，连同这两首诗一起，寄给佩生。这既是同学共勉之书信，其实也是情书，自然不需明言。佩生接信后，适有我们都很要好的李麦村同学来访。他似有什么苦闷的事，佩生就用变山河的志向慰勉他，并拿出我的那封信给他看。李麦村突然开怀大笑，说这是庆存写给你的情书呀，怎么就拿给别人看呢。佩生也只是淡淡一笑，答了一句：那又有什么呢！当然，这些是李麦村后来告诉我的。就这件小事，于中亦也可见佩生心中没有半点尘埃，洁白坦荡。

后来我在莫斯科的大半年时间里非常忙碌，不曾与佩生通过书信。待到一九六一年夏我研究生毕业归来，在魏公村外国语学院集中学习，佩生常在傍晚来看我。有一次，为了安全（佩生近视，戴高度近视眼镜），我们第一次牵着手小心翼翼地横过西颐路（今中关村大街），送她到车站上车回城里。后来有一次，她小心地问我："填报分配表了吗？志愿的工作单位呢？填对象了吗？"我答填上了，她说放心了。因为这就算是我们正式明确关系了。学习结束，工作分配了。我和佩生同时请假回家探亲，一路同行。到江门后，在她父母亲家过了一宿，她留下，我前往阳江看望我的父母亲。然后又到江门会合一同回北京，各自回自己所在单位工作。一九六二年一月我们就正式登记结婚，二月份在中关村原地球物理研究所一间较大的办公室举行了结婚吃喜糖聚会。同事们到场的很多，现场很欢欣热烈，大家要佩生和我唱歌，我们唱的就是《敖包相会》中那首主题曲。此情此景，于今历历在目。明年一月，本该是我们结婚五十周年的庆典，何期今年却变成了对佩生的告别会。人世间事，就是这样的无可奈何，天地就是这样无情。

那次在江门，佩生和父母大概谈了很多。很后来佩生告诉我，她父母告诉她："你相中的人朴实无华、为人正派、诚恳、可靠，就是他出生在十分贫困的家庭，也不太懂人情世故，你们在一起生活，将来会是很艰苦的，要有思想准备。"佩生爱我，是下定决心的，父母亲对女儿的选择和决心也是完全支持的。说实在的，佩生也可谓小家碧玉，父母亲都是济世的良医，父亲在东莞和江门还很有名气，家道经济情况不差；佩生人品又好，在东莞的东江抗日纵队影响下受到的爱国革命教育和在名校名师指导下受到的文化教育也是相当高的。而我呢，家里经济情况是朝望晚米、常有断炊，自己则是一脚牛屎一腿泥水的半读半耕的学童。用时兴的话说，这样的男女般配吗？七仙女不顾一切要下嫁牛郎，人间天上，七仙女对牛郎爱慕之深和同甘共苦的坚贞是多么可歌可颂。我自问，无出众的才华，无处世之练达，不善交际，若不是佩生真心坚定的爱我，若不是老革命陈璧如同志这实质上的媒人，我在青年时代是找不到对象的。

岳父母的分析完全正确，在我们结婚后的生活中得到了验证。我们结婚后，聚少离多，备极艰难困苦。结婚时是暂借同学的房子，很快即搬回各自的集体宿舍，城里城外，各处一方，只有星期日白天可以互访。约一年后，分到中关村一间房子，不足十平方米，一小厨房两家共用，一个卫生间四家共用，这在当时是普遍情况，没什么问题。只是佩生在城里上班，天未明离家，天黑后回家，只有星期日才得以用厨房，她以只此一家的烹调方法做我们共同享用的饭菜。后来我得了一种怪病，气鼓腹痛，非卧床数小时不可解，如此者半年。一九六四年夏，佩生坚决送我回江门让岳父母为我调治，果然妙手回春，约三个月后我的症状大体平复。那时，我北望京华，想念着工作和佩生；西对圭峰，想念着故乡和我的父母。于是痛下决心，天天坚持锻炼，莫将孱躯作病家。同时我也想利用这样安适的条件搞点研究工作。本来离京时，佩生为了使我悉心休养，不让我带任何书籍回江门，当时我只好凭记忆默写下我所需要的动力学方程，集中精神分析想象，终于弄清了计算紊乱的物理机理，构造出一种求解原始方程的新差分格式。如果不是因气象学报停刊而未及时发表，那将是世界上第一个瞬时平方守恒格式。这里面有岳父母和佩生的功劳。

  一九六五年初我回京，恢复正常工作。可是很快我又受命出差南下，和佩生又过着天南地北各处一方的生活。半年后回京，又参加农村社会主义教育工作队，佩生在河南，我在山西，我是负责一个大队的队长，她要独当一村。彼此只有通过书信互勉互励，交流经验和探讨各自遇到的工作上的问题的解决方法。二十余年后，在与几位好友聊天时才得知，她在农村工作时是多么艰苦，她的行动又是多么让乡村中人感动。为了往返工作团部与村中，她得独自一人在黑夜走一二十里丘陵山路。碰到"鬼打墙"现象，她就冷静地爬上山顶，瞭望远处。有灯光，她即不顾山中的荆棘，朝灯光方向笔直而下，终于经过几处灯光问询回到自己的队部；她曾因生病高烧，晚间会后，独卧村中生产队队部，遇歹徒带着凶器乘机闯入，她严不可犯毅然跃起呵斥，歹徒终于慑服而走；她关心孤寡老人，每天早晚为他们挑水生火，从不间断，又用自己的生活费为他们买药送药；她惜粒粒皆辛苦，有一次一碗粥打翻落地，她毫不迟疑地将每一颗粒连同一些泥沙拨回碗中，照样食下，村人看到都惊讶和感动得说不出话来。她一个弱女子，一介书生，竟然如此仁慈，如此坚毅，如此有胆有识，若非对社会主义和共产主义有坚定的信念，对党的为人民服务的宗旨和政策有自觉自愿和坚定地不折不扣地执行，不可能做到这个份儿上。我佩服她，自愧不如。也许是因吞下了那碗带沙的粥，回京后的第二年即一九六七年患上了阑尾炎。动手术时用的是针刺麻醉，术后卧床，麻醉药效过后，她痛得头冒冷汗，就是不作呻吟，因为怕影响病友，我在床边握着她的手，用时兴的诵读毛主席语录的方法鼓励她："下定决心，排除万难，去争取胜利"。她默默点头，就这样顶了过去。后来我患过几次大病，而得以康复，在相当程度上也是学习佩生的坚毅意志。

一九六六年夏我们都从农村回京，佩生担心我当时的处境，彻夜难眠。我哥哥也从农村社教兼劳动两年后回京，身染重病，需人照顾，而我也在病中。一九六七年春，佩生毅然只身回阳江，寻到我家，将我母亲带回北京护理我哥哥。一九七二年春，我哥哥大出血要动手术，可到医院时我的腿就是上不了楼梯，又是佩生毅然上楼代我在手术书上签字。有不少这样的大事难事，我自己却做不了，都是佩生顶上去解决。我实在惭愧，只有无限感激这样共患难、勇于替我担当受罪的贤妻。

一九六九年七月底，我们有了孩子。孩子满月后，每日托付于一位邻居阿姨。其时适值国际风云变幻，阿姨为找地方疏散，一日未归，小孩因被锁于家中无人照料而患病,幸得我们的直接邻居梁群桂同志仗义相助,夜里陪同我们急送到医院,也不知是什么原因,小孩已睁不开小眼睛,只有微弱的哭声。好在小孩的命大,大夫和大人们也尽心救护,否则这个小生命不堪设想。佩生内心是何等焦虑难当,只有当过母亲的才能体悟。此后,孩子十分孱弱多病,须有人彻夜无眠护理。好在先后有岳母的一位好友谭姨妈(当时在北京)和我们的邻居梁群桂同志仗义陪同佩生昼夜不懈护理,小孩才得以脱险。可是,一波未平,一波又起。1970年初,小孩才半岁,尚需母乳。我和佩生又分别被抽调到总参气象局协助工作和到城里中学代课当辅导员。于是我的家就得锁住空门,只星期日可探家,孩子要提前断奶,真难煞了好心肠的梁群桂同志,她单独支撑,昼夜照顾体弱多病又无母乳的小小孩。自然,佩生和我都是全身心投入到新的工作中去的。后来的事实证明,我们,尤其是佩生,为了应对这样的困境,身心都受到了相当大的损伤,连同梁群桂同志也搭了进去。我至今仍有一事不明,当时我所(佩生也已调到我所)一次也未接受过"再教育"的中青年知识分子大有人在,为什么偏偏抽派到已多次接受过再教育而又正带着小小孩的一个喂奶母亲身上。只能认命吧。灾难还在积累过程,真正的难堪难熬还在后头。

　　1970年冬,中国科学院就撤销了那个派人到中学代课的决定,佩生得以回研究所,从事她盼望十余年的科研工作,上计算机,计算红外透过率和用红外光谱实验数据计算遥感大气柱水汽含量的权重函数,并协助我写《大气红外遥测原理》一书。她做了很好的工作。她对我写的书提出了许多很好的建议,尤其是在书的结构上,把那些不直接与遥感有关的章节变成附录,这样就使书的主旨鲜明突出。可是由于后面要说的原因,她来不及把她自己的工作总结好,因此如今只能看到她计算出来的一两张图。由于当时和以前积累起来的劳累,她逐渐感到体力不支,一九七三年春到北医三院就诊,林三仁大夫给她做了细心的检查:高血压、ST 波倒置、心电图显示大范围而且是严重的心肌劳损。医生给开了全休假条,并好心地建议她离开北京到南方休养。佩生很犯难,舍不得与我分开,更何况又怎么忍心让年迈的母亲一起来昼夜照顾孱弱多病的小孩呢?此事未定,突然飞来横祸。我们的小孩刚出楼门口,就被一个稍大点的孩子突然把一把煤灰塞入鼻子,佩生听到哭声急忙下来把他抱回家。小孩由此得了严重的呼吸道感染,高烧不退,住院月余,佩生和我轮流昼夜陪护。还来不及喘口气,初夏,有人借故要对我掀起事端,我得硬着头皮顶风。我寻思,一家三口,两个半病人(我也生病,虽不至于要全休),如果都留在北京,会异常艰难,不如走一步险棋,寄安于危,或可峰回路转,于是力劝佩生听大夫的话回南方,并可使小孩离开一个可能有危险的环境。佩生本极不情愿,最终还是哭着同意了。后来,我恨我当时怎么想得那么简单,让佩生孤单一人,且有病在身,还要带体弱多病的小孩到情况不明的地方去。要冒多大的风险,遭遇多大的艰难困苦呀!差点就导致全家覆没。好在佩生有难以想象的坚强意志和毅力,也是上天垂佑好人,才得以转危为安,于一九七八年春回京团聚。

当七月初送佩生母子南归时,原定让她暂住广州谭姨妈家中,打听好江门消息再说。我则立即被派出差东南,到各基地、工厂联系工作。由于工作和家庭双重心事,又奔波于大暑天时,我暴发了心脏病,被送回北京。我盼呀,等呀,到八月下旬才得知佩生定于月底离广州回江门。可是一直到九月中又音讯全无。我焦心悔恨,导致暴发了第二次心脏病,几至卧床不起,幸赖同志们的帮助,竟然连哥哥也让母亲来照顾我,并找大夫来出诊,才得以下床。痛定思痛,逐步下楼下地,我得坚强地站起来。国庆后才接到佩生来信，得知情况有变，也不知她怎样打听并联系到在阳江的我四姐，到她那里去了。尽管我四姐的屋根本就不像屋，又矮又小又湿，青蛙、鸟雀甚至连蛇与人同居，她在经济上是需要我周济的，不过有了一个落脚点总算可以放心了。于是掉转头来思考自己该如何治病、强身、工作等等。在一九七五年初夏张成梅书记和李兆绪处长关怀下，研究所送我到中国科学院青岛疗养所去疗养，我立即把这消息告诉了佩生。我们通信都是报喜不报忧，以免对方担心。重新团聚后才知道佩生这五年是怎样熬过的，千辛万苦，不堪回首。她一个小家碧玉，来到社会最底层的劳苦贫民之中，长时间无依无靠，生活无着，还要周济我四姐，并完全置疾病于不顾，帮助四姐劳作，食以草具；雨夜屋漏，还要找盆接盛滴漏，避免落到床上和身上；要同时照顾和管教四姐的和自己的小孩，自己的小孩又水土不服（实是卫生条件太差），日日腹泻，瘦得成了皮包骨；还每星期必领着小孩到村中看望我父亲，以慰老父之思。大约一年后，佩生才巧遇住在附近的主管阳江教育局教工招待所平房的曾玉华同志，她出于怜悯，安排佩生母子住进一小间平房，这才有了安身之地。她还感动了毗邻的老中医林圣公先生，得林老在家中秘授太极拳的要领和招式。于是佩生乃得专心教子，母子俩都挺住了。一九七七年，他们转到江门，条件得到改善；一九七八年春回京。我们的小孩辗转三地上了三个小学。

　　佩生的坚毅、牺牲自我、成全夫婿、精心抚教后代，其行事品德和精神，与古之烈女、千里寻夫、三迁教子、代父从军等又有何差别？这是我中华妇女的崇高贞诚美德。佩生之诉说，不免凄凉痛楚，但极少怨恨之声。我后悔莫及，痛心疾首，而佩生的健康，尤其是心脏病的加重则已无法挽回了。我惭愧，我内疚，此情永留脑际，不能磨灭。

如果说佩生所受的苦难，在一九七八年以前，是我们时运不济所致，而此后则是此前苦难的后效和我的无能所致。一九七八年，科学的春天来了，佩生从此过上了几年安定的生活，我们搬到了小三居室的新房，孩子可在附近的学校学习。佩生得以专心于科研，从事大气动力学研究，做出了一定成绩，先后被提职为助理研究员和副研究员。从一九八四年起，我被推上研究所所长的岗位，连任两届，共九年。那是一个变革的年代，承前启后，万象要更新，万事也艰难。为了搞好研究所，作为领导者，无论我本人，还是家庭，尤其是佩生，都得做出一定程度的牺牲，绝不能谋私利，甚至对家人和比较亲近的同事（或者像流俗的说法"嫡系"）还要压；这对他们来说是不公平的，但只有以此小部分人的不公平，换取大部分人的公平，而为研究所的发展努力工作。中国自古以来的为民造福的志士仁人，清官廉吏都是如此，老革命先哲先烈们也都是如此。古之清官廉吏，身无分文，家里空空如洗，妻儿悲辛，每读书至此，未尝不掩卷长叹。我辈岂可不追英烈之风，学革命先辈的精神？我对佩生说，要忍受，要谦让，不能出头，甚至在我任内不能提职。佩生能理解，愿作"一头沉"，默默忍受，默默奉献，支持和间接帮助我工作。有家属在我所的所领导，洪钟祥同志、任丽新同志、刘天民同志等也都是自觉如此，他们的亲属在任内都没有提职（佩生仅在我卸任后才同时被提为研究员和退休）。我很感激大家，也很对不起他们。我们这些所"领导者"在退任后，人们说大气物理研究所的兴旺有亲属们一半的功劳，公道自在人心。我至今尚想不明白，我当初应不应该这样做？似乎人们都不这样做，我能想到的唯一答案是，那另有原因，另有结果。但当初这样做了，毕竟对这些人不公，事实上伤害了他们。这种忍受和艰难使佩生身心的健康状况都在下滑，她心哀伤，也不可能不流露点儿抱怨，叹命苦。我退下来后痛心地感到这一点，我痛心当初我的心狠，我无能，不能保护好她——当年我都是早出夜归，不落家。这一连串的艰辛、打击和不公，使佩生健康受到了极大的损害，最终导致了佩生的过早辞世。

一九九三年夏，我不当所长了，便下定决心要和佩生在一起，好好陪伴和照顾她。于是我们共同出国参加过三次大型国际学术会议，她和我都各在会议上做过两次报告；还参加了几次由全国政协和中国科协组织的学术兼考察和休假的活动，她感受到外界的新鲜活力、山河的壮美和浓浓的友情。可是好景不长，我先是有莫名其妙的要忙碌的事，后是连续几次的大病，自顾不暇，还得累她。她痛苦地说：你这个人，不是忙人就是病人。是呀！我们结婚后，情况就是这样，我何曾对佩生有过像样的照顾。当初说是共同奋斗，同怀壮志变山河，但实践结果却是使佩生一次次陷入艰难困苦甚至是灾难的深渊。我看到她一天天明显地衰老了，也听到她哀求般的话："没有几年了，让我们陪伴在一起几年吧。"2006年春天，终于看到了希望，我和佩生到国外看望我们的孩子、媳妇和刚周岁的孙子，极力动员孩子回国为祖国人民服务。

探亲三个月后回京，佩生盼呀，等呀，想着她平生历尽千辛万苦抚养、凝聚全部心血精力教育、寄托着未来希望的儿子，能早日完成合同任务归来。本来，苦尽甘应来，可是天下事就是这般不可预料，就是这般无可奈何。就在孩子即将归来的时候，二〇〇七年七月三十日晚，风雨交加，雷电迅猛，佩生突然语言不清、动作不协调，于是在好友们协助下送到医院急诊。八月二日转为住院治疗，医院已下"病重"通知。幸而大夫护士负责，护工和诸同事协助昼夜护理，衷心感谢各界人士们

（见《风雨晴明》中"护医日记"篇序）。我也几乎一刻不离，全力陪伴至十月八日她出院回家。在家中，我和护工江化琴同志日夜守护，我也按步骤教她作康复训练。为了安抚她，我天天拥抱她、亲吻她（我们以前几乎没有这样的），天天执她的手和她一起唱她最爱的红歌，如《英雄儿女》主题歌、《黄河颂》、《延安颂》、《南泥湾》等等，一来为了帮她恢复记忆，二来也振奋精神，她说这是她最幸福的日子，一下子填补了几十年爱情甜蜜的空缺。她出乎意料地异常迅速地恢复着。谁知只有两个月。十二月十一日雪后下午，佩生又突然病急将倒，我及时抱住她，即送到医院留医。这次她的病比前次重多了。她几乎全天都得输液，在床上她抱着我、吻着我，哭着说我们永远在一起。我也情不自禁，声音颤抖着说：要坚持，有信心，我们永远在一起战斗，必定胜利。但有医生间接告诉我，预后不良，可能她过不去。我心如刀割。所幸孩子已归来，尽管尚未安顿好，他和我可轮流到医院陪伴，护工和同事们又仗义，尽心尽力全面帮助。我说不尽对同志们的感激。她见到孩子，似乎得到了极大的安慰。我既愧疚，也忍不住悲伤，就将可忧的情况告诉了孩子，并说："你知道吗？'树欲静而风不止'，后面还有一句'子欲养而亲不待'。后一句有两种解读，一种是子想（'欲'）反哺（'养'），而老亲却等待不到那天而离去了；另一种是幼小的孩子需要（'欲'）抚养（'养'）成人，但老亲却熬不过（'待'）而被召走了。不管怎样解读，都是悲痛难状的大憾事。"我再也说不下去了，父子默默无言低头而坐。可是一个月后，我不无遗憾地不能和她在一起战斗，我得了忧郁症，心慌意乱，不可控制，一反平日的冷静镇定，彻夜不能眠，我将要被击倒了。经与洪钟祥和罗明远同志商量，由罗明远代我承担全部医护组织和具体护理工作，他们要我及时治疗休养。我也想好一些后就回到佩生身边。曾经细心护理过佩生的张凤同志也说:"你能重回卢老师身边太好了,她必将恢复得很快。"可是两个人健康的演变过程却是相反的,她快速恶化,我恢复缓慢,她几经转院,我也没能恢复到可以回到她身边的程度,只能做不见面的谋划调度和后勤保障工作。只有两次,在转院时我须向医生讲述她病情发展过程,一次科技部一领导来看望她时我得陪同,我才心跳脚软地在她身边。她已不能正常说话,只抱着我呜咽,显然她仍有意识和情感。护理她的同志说,佩生平时情况好的时候总是抱着人,微笑亲吻人手。我心碎,我知道,这是她留下来的最深刻、最美好甜蜜、最具希望的记忆,她忘不了在家最后两个月和第二次住院抱着我呜咽亲吻的情景。我痛、我恨,恨自己无能,不能像张凤同志希望的那样让佩生很快恢复起来。我也只能深深感谢护工和同志们对她的护理照顾,尤其是数年内一直坚持的罗明远、刘淑秋、吴琳、郭种生、曾立诸同志,他们都每周至少照顾三次,远在香河站的李光平、李纯霞、南卫东同志每星期至少看望一次,还有很多同志也常去看佩生。自然,孩子和家人也尽心尽力。

  自然规律不曾随人们的愿望和努力而发生转换。终于,在二〇一一年一月五日佩生突发气喘、高烧、心力衰竭,翌日转到重症监护室,医院下了病危通知,只是大家都瞒着,到九日晚才告诉我。从此,我们只能一切听医院大夫们的,他们在尽一切努力挽救。佩生已几无意识,但又似乎有知,有无限的情思,为了让亲人过好除夕、春节和元宵,她顽强地苦苦坚持。虽然除夕前已很危难,元宵当天上午医院已告知血压在下降,下了第二次病危通知并让准备后事,到元宵后第四天即二月二十日晚佩生才恋恋不舍地离开人世。大家连同我的孩子,到家来告诉我消息和安慰我。我深知总有这一天,深知并发症的凶险和现代医学水平能维持的最长时限——一个半月，但这一刻到来，我内心的悲痛是无法抑制的。送走来人后，更深夜寂，独对寒灯，万象毕来，一幕幕的往事，萦回脑际，我不敢怨苍天的不公，只恨自己的无能，悲恨在心，凝成如下几句：

不是忙人即病人，我惭我痛我无能。
如何苦尽甘应至，风不止兮子哭亲。

后来，在二月二十六日告别会后，佩生将这悼词带到另一个世界了。承蒙我所以及气象界有关单位及科技部的领导，以各种方式对佩生的逝世表示哀悼，献花圈或发唁电，或参加告别会，或三者都有。老同事、老同学、老朋友、新老学生，连同孩子的老师、研究所的大部分同志，以各种方式表示哀悼。前来参加告别会的人数达二百以上，庄严肃穆。这是对佩生的极大尊敬和其人品评价的深情表达，佩生有灵，会激动万分，和嫦娥玉兔一起，泪飞顿作漫天雪。时天下雪，天地缟素，一片洁白。郭师傅说："人修行到这个份上，无憾了！"我还能说什么呢？佩生，安息吧！

我是个唯物主义者，不知灵魂为何物，也不知超距心灵感应为何事。但事多巧合，我不妨借此再说点事。当佩生住进重症监护室之初，大约就是一月九日，孩子的手无意中碰上本来因电路接触不良早已不能使用的开关，突然电灯齐亮，大放光明，此后就是这样。许是佩生眷恋着爱子，用尽生命最后的力量，发出光和热，照亮孩子的心灵，照亮孩子生活的环境和前进的道路？！二十日夜，我心里想到这幕，同时凝成了以下几句：

## 慈母之光

*慈母油将尽,留光照后人。*
*孝心儿女辈,奋斗慰慈灵。*

有一首传诵不衰的歌,其词是:"母亲的光辉,好比灿烂的太阳,永远照耀在你的心上。谁关心你的学业?谁照顾你的生活?只有你伟大慈祥的母亲!……"佩生极疼爱孩子,倾尽心力抚养,呵护培育、教导孩子。孩子的健康、学业和品德,无不浓重凝聚着慈母的心血。我因忙,照顾和培养孩子的事主要落在佩生的身上。佩生最牵挂孩子,病中叫着孩子名字,在有意识时见到孩子就欣慰。孩子,你要永远记住你伟大慈祥的母亲,努力鞭策自己前进!

佩生待双方双亲至孝。她说她的品德和性格来自双亲的仁慈和坚毅,她尤其敬佩她母亲的坚毅,她的行为也大效其母,能克服异乎寻常的困难甚至灾难。佩生少时帮助父母行医配药,为医疗器具消毒,样样细心去做。一九八三年,她昼夜护理我岳父一个月,因劳累和悲痛而晕倒在追悼会上。事后带我岳母来京,反哺数年;后得知她母亲病危时,心伤跌倒而骨折。佩生在最后岁月里很思念她的母亲,病中梦见,潸然泪下,几次对看护她的张凤同志说,很想写"我的父母亲",张凤也很感动并鼓励她写。可是她一病不起,写作今已成为遗愿,我得尽我所知,代她执笔写成,以消遗憾。

佩生十分关心青年和研究生的成长,每每和我讨论研究生的品德教育和学术研究方法甚至是具体解题方法的培养,往往具体到个人。我在和一批批的研究生谈话中,也用了不少她的经验和事例。后来,我们感到为免于一遍遍地复述,不如写一本书,每篇针对一个问题或一个故事，短小精练，可能更为有用有益。于是我们共同拟了五十多个题目，并于 2006 年初着手写，讨论好内容后由我写成初稿，她提修改意见，再讨论后定稿。可惜只写完十篇左右，后来我忙于其他事务，她又重病，而未成书。未完成的部分我得争取时间写成，以酬她的夙愿。

佩生的文笔平易畅晓。她在学部工作期间写的几篇调研报告很有分量，成为有关领导的重要参考。真不愧她参加儿童抗日宣传队时"小冰心"的美名，只可惜这些报告连档案带手稿都已湮灭无存。佩生热爱科研，勤于学和问，尹赞勋学部主任和赵九章学部委员都很赞许她、帮助她。赵老曾几次要求学部放她，让她做自己的秘书和带她搞研究，学部不同意；他又建议佩生报考研究生，佩生于工余之夜也在数理方面作了刻苦认真和严格的准备，可是终因工作的不允许，而未能考。不过这些准备在后来她有机会搞科研时充分发挥了作用。虽然她只有十余年时间能安稳地搞科研，但做出了成绩，尤其在大气波包动力学上颇有建树。她的文章尚在，自不必说；她的笔记、手稿、文稿，也都是十分工整，条理层次分明，字字端正，一丝不苟的。我拟选编出来以问世。她这种认真的态度和扎实的基本功，对今天的青年们仍是有益的范例。尽管今天大家都唯电脑是用，不手写了。

佩生仁慈心善、乐于助人、慷慨大方。她得知有困难有需要帮助的人时，不论是相识的或不曾相识的同志，都毫不犹疑地把自己所有的财物相送。至于她自己和我们小家庭的生活和日用，则是十分简朴的。

佩生既是一个有中华优良传统的女性，又是一个进步新潮的女性。她仁慈善良、孝亲、扶夫、教子，还能编织精致的带有花纹的毛衣，她自己、丈夫、孩子的毛衣大都是她亲手所织。至今尚留有数大捆毛线。她既在少年时积极而活跃地参加支援东江抗日纵队的工作和儿童抗日宣传活动，又在就读教会中学时，敢于蔑视要做礼拜的校规，借故参加校外"补习班"，学习远高深于课本内容的数学，这在后来她教子的年月中派上了用场；她还抽空学会了吹笛、箫、口琴和舞剑。只可惜我只会读简谱唱歌，不会操任何乐器，没能与她琴瑟和鸣，使她只能过着单调而艰苦的生活。

  硬骨头文豪鲁迅先生对反动派杀害自己的同志无比悲愤，而自己还要横眉冷对千夫指，继续战斗，于是写了《为了忘却的纪念》一文，最后说：路正长，不如忘却，将来自有人们纪念他们（这些牺牲者）。佩生辞世，我心头沉重，久不能释。但逝者已矣，生者还得战斗，我还有许多许多任务要做，佩生也有未了的心愿，我得代她偿愿。我得释怀，我得轻装，于是写了此记。我不敢奢望将来会有人纪念佩生，毕竟她无轰轰烈烈的事功，只是一个平凡的好品德好心肠的人，一个淑女贤妻，一个慈祥的母亲。只希望她和我共同的孩子，能够永远记住他伟大慈祥的母亲，不辜负母亲的期望，鞭策前进，努力奋斗，用成绩来报答母亲的辛劳。

曾庆存<br>2011 年 2 月 28 日至 3 月 7 日

**注**

本文原作为附录登载于《大气运动的波包动力学——卢佩生文选》，科学出版社，2015 年。该书还附有"卢佩生同志生平"和照片，今作为本篇附录一；而该书的"内容简介"和"前言"则作为本篇的附录四；附录五为从该书选登的"手稿（原件影印）"中选出。附录二为本篇文中提到的1960年所写的二诗。附录三则为2012年佩生逝世一周年所写的悼文和诗。

我和佩生二人都不会照相，也没有相机，佩生几乎没有留下什么生活照。好在儿子晓东上世纪末与本世纪初曾在国外做访问学者，中间回国过，带着相机为我们拍过照片，今于此登上二张，作为晓东献给他母亲最珍贵最亲切的纪念。（2021年12月记）

# 附录一　卢佩生同志生平

卢佩生，女，中国科学院大气物理研究所退休研究员，2011年2月20日病逝于北京市，享年77岁。

卢佩生同志1934年9月出生于广东省东莞县。抗日战争时期东莞县是共产党领导的东江纵队主要活动地区之一，卢佩生协助父母在医和药方面支援游击队，并积极参加儿童抗日宣传工作，被称为"小冰心"。抗日胜利后随父母移居江门市，独自到广州读中学，新中国成立后考入培正中学，是班上数学课代表。1952年考入北京大学物理系，1956年毕业，被分配到中国科学院生物学地学部，从事研究所情况调查、学科现状和发展布局的调研工作，先后写出关于地球物理所调查、海洋科学研究调研、新丰江水库可能引发的地质灾害和地震问题调研等报告，是有关领导的重要参考。1966年调到新成立的大气物理研究所工作，历任助理研究员、副研究员、研究员，从事统计天气预报、卫星大气遥感、大气动力学和大气环流及季风研究。最早用红外光谱实验资料算出遥感大气柱中水汽含量的权重函数，在曾庆存先生写的《大气红外遥测原理》中也吸收了她的许多重要建议；在波包动力学研究中卓有建树，最早得出罗斯贝波包发展时波长变长、但重力波发展时波长变短，从而前者维持且显著，后者则极易导致破碎；最早用实例计算出连续谱组成的罗斯贝波包迅速衰减而波长变短；用涡旋表示出夏季风季节内的扰动演变，并计算出热带向中高纬传播的准常定波的路径和特性。获得1988年中国科学院科技进步奖一等奖一项（排名第二）。

卢佩生同志道德品质高尚，为人低调，默默奉献，慷慨助人。在其丈夫曾庆存先生当所长期间，严于律己，在家默默支持和协助其工作。她也默默无闻地参与研究生的品德教育和业务指导工作，我所的一些研究生的成长其实也凝聚了她的心血。她细心关爱后代的培养教育，是一个好同志和贤妻良母型的好人。

**注**

本文中国科学院大气物理研究所所写的简历，和讣告一起发报（2011年2月21日）。

讣告还附有下面一张照片。

卢佩生同志（1934年9月1日—2011年2月20日）

该照片摄于2006年1月，是办证件时在规定的照相馆拍摄的。

# 附录二　车过山海关，感怀南寄（诗二首）

（1960年）

深夜乘火车离北京赴莫斯科，翌日过山海关，时艳阳天气，见壮丽关山，感同学深情，发为诗吟，南寄共勉。

一

榆叶梅花三月红，未名湖畔柳迎风。
为求进步同心志，漫绕燕园励用功。

二

梦回难禁殷勤意，酣战无心唱牧歌。
许放春心花共发，同怀壮志变山河。

注

两诗载于拙著诗集《华夏钟情》，第138～139页，作家出版社，2002年。

# 附录三 悲 悼

（2012年清明节后）

二〇一一年十月十五日，上午十时半安葬吾妻卢佩生同志于北京市门头沟区万佛园华侨陵园，墓穴在荷香园S组三排八号。墓碑早已由我书好，并已刻好、竖立好。

**正面是**[①]：

公元二零一一年十月榖旦

气象

学家　卢佩生之墓

众　亲属朋友　仝敬立
　　同事学生

**背面是**[②]：

卢佩生（一九三四.九.一——二零一一.二.二十），女，生于广东东莞。少年时积极参加抗日宣传活动。北京大学物理系毕业后，在中国科学院工作，对大气波包动力学研究多有贡献。道德高尚，默默奉献，慷慨助人，关心研究生、青年和后代的培养教育，为大家所敬重。

---

① "公元二零一一年"书面应为"公元二〇一一年"。
② "（一九三四.九.一——二零一一.二.二十）"书面应为"（一九三四年九月一日——二〇一一年二月二十日）"。

因受陵园规定限制，只能如此简洁。

十一时举行祭祀仪式，案上香炉燃香三炷，两边各摆放鲜花一篮，众亲属、朋友、同事和学生代表在墓前肃立，三鞠躬。众人者，除亲属即我、儿子晓东、儿媳王爱慧、小孙祥昊四人外，还有朋友、同事、学生的代表王会军、朱江、程新金、刘淑秋、吴琳、程雪玲、王喜全、郭种生、胡非、周广庆、王斌、王东海、赵翼浚、罗卫东、张荣华，其中张荣华从美国回来，代表梁信忠、张明华和李俊等。因地方太小，其他人经劝阻而未来参加。

仪式毕，大家在墓前瞻望。是日天气晴朗，蓝天一碧，凉风送爽，空气清洁，视程甚远。见墓后倚苍山绿树，墓前两边有青山拱卫，前面远处是北京和永定河下游平原，一望无际，北京市市区楼房广阔展开；近处正对的则是石景山原钢铁厂区的低平如案的山峦，发电厂三个大冷却塔腾升的缕缕蒸汽轻烟，宛如三炷巨香烛。赵翼浚说是日正逢观音菩萨出家日（农历九月十九日），大家都说是吉日吉地。佩生就安息于此，永佑后人。

中午设宴酬谢众人。回家后感触万端，萦回脑际，情不自禁。佩生与我，患难与共的夫妻，结合之初，"同怀壮志变山河"，期许共同在科学研究上做出一番事业，可是后来客观条件并不容许。五十年间，佩生历经常人难以想象的坎坷，艰难困苦，只好以自我牺牲的精神，成全夫婿的事业，抚育教导儿子成长。虽在她自己的科研上也有所成就，毕竟不能达到自己的期许，不能无憾，尤其是积坎坷艰难和劳苦而严重损害了身体健康。

我工作很忙，身体也不好，对佩生在生活上几乎没有什么照顾，以致佩生二〇〇七年夏起重病，本该我全心全力解救和照顾她的时候，我却提供不了有效的救助，心伤痛焉，心有愧焉。终至佩生于二〇一一年二月二十日辞世。二十六日送别，漫天大雪，前来送别的人很多。这次安葬时刻，又逢吉日，天高日丽，众同事、同学、学生代表到来。二〇一二年四月四日清明节，适值张明华、张荣华、李俊自美归来，戴永久和王喜全又在，他们都自动提出为卢老师扫墓，他们大都和儿孙辈一样行跪拜大礼，这是对"卢老师"的至高尊敬，也使我非常感动。这三件事足以说明佩生的品德为人，为大家衷心地尊敬，更不用说在佩生重病期间，许多同志的昼夜轮流小心照顾了。佩生有知，当会感到安慰。

毕竟"死后原知万事空"，生前重重苦难，身后获得光荣，又有何补？也许最重要的是活着的人要继承逝者之志，努力做成逝者本欲完成的事业。纪念辛亥革命一百周年时的电视节目说，为成全大业有人牺牲了，不能总是悲伤而已，更应好好活着，为事业奋斗到底，以此纪念逝者。我同意这种观点，化悲痛为力量，努力完成佩生未完成的几件事（这些已在《为了轻装的写记》中详述了，且一直在做，不过速度太慢）。

谨将安葬佩生和为佩生扫墓回来时的感受凝成的几首诗录于此，聊吐一口气，寄托悲情哀思和自我鞭策云尔。

### 悲悼（之一）

卢家独女偏怜者，自嫁黔娄百事乖。
愧我天真不涉世，害伊心瘁骨如柴。
一身衣外无长物，万劫圈中抚弱孩。
父子月薪今逾万，与君营墓只生哀。

### 悲悼（之二）

昔日预悲他日事，可怜今到眼前来。
牺牲自我心无怨，得果由人树遍栽。
身后寂寥虚影像，生时努力育人才。
从知终点一抔土，早到黄泉究可哀。

### 悲悼（之三）

送别为难天惨色，回归净土地光明。

皇天后土致深意，亲友学生吊洁贞。

春雪漫天成缟素，秋阳洒地慰英灵。

魂兮应是勤相探，地久天长无限情。

### 悲悼（之四）

人生有限情无限，悲痛难禁路漫长。

为慰忠贞魂探望，双挑重担志坚强。

修行养性成平淡，惜秒争分细计量。

差距目标须寸算，百年奋斗态安详。

曾庆存<br>二〇一二年清明节后记

**注**

本文是在佩生安葬仪式和次年清明扫墓后的写记。

# 附录四 《大气运动的波包动力学——卢佩生文选》[①]
（科学出版社，2015 年）

## A. 内容简介

大气运动的波包动力学是天气和气候动力学中的重要研究领域，很有理论和实用意义，可广泛应用于相应的理论研究，诊断分析和业务工作之中，并可推广应用于地球流体力学、天气和气候数值预测之中。本书是我国在这方面研究卓有建树的代表者之一卢佩生研究员及其合作者的代表性论文选编，并影印卢佩生手稿的有关部分的详尽数学公式推导。

本书可供大气科学和地球流体力学研究人员、高等院校师生，以及有关领域的研究和业务工作人员阅读和参考。

## B. 前言

大气运动的波包动力学是近三十多年来才兴起的研究领域，非常有理论意义，又十分实用。其研究方法已广泛应用于天气和气候动力学理论研究、实际资料的诊断分析，以及天气和气候数值预测模式研制和模式结果的分析

---

[①] 本书是科学出版社出版卢佩生发表的论文选编《大气运动的波包动力学——卢佩生文选》（Dynamics of Wave Packet in the Atmospheric Motion——Selected Works of Professor Lu Peisheng），中英文对照。这里选登此书中的"内容简介"、"前言"和"手稿（原件影印）"中的二件。

和解释之中；还已推广到研究像海洋运动等一般规律即地球流体力学研究之中。波包表示法简洁而形象鲜明，波包动力学所推得的公式简明而优美，研究结果所揭示的规律性既深刻又浅显和很便于实际应用。自上世纪七十年代以来，国外强调研究与波包在空间中传播路径的有关的问题，是几何光学的直接外延；而国内则注意到波包即扰动随时间演变的动力学的有关问题，当然也包括传播路径随时间的变化问题，比前者更复杂，更全面，也更有用。

卢佩生是国内这方面的研究者中的代表之一，她与其合作者的研究结果已在天气和气候动力学问题研究中得到很大的应用。因此，我们将其有代表性的论文选编成本书出版，以供有志于研究波包动力学的学者和业务工作者做参考，相信本书对大学生和研究生的学习，对研究人员从事天气、气候和地球流体力学研究，对从事天气和气候预测等业务工作人员，都有参考、启发和应用的价值。

本书分四部分。第一部分是已发表的中文论文和英文论文的中译，以便于国人阅读；第二部分是第一部分的英文版，即已发表的英文论文和中文论文的英译，以饷英文读者，也期望国人能将它们传播到海外；第三部分是卢佩生写的有关部分的手稿影印，主要是公式的详细推导，相信它特别是对大学生和研究生有用，因为波包动力学表示法和结果虽然优美简洁，但公式推演过程却是很繁复的，不可能在文章中一一列出，尽管所用到的数学方法并不很难；第四部分是附录，载有卢佩生生平简历和编者之一写的纪念性文章，也可作为卢佩生生平简历的补充。卢佩生研究员是编者的亲人，生前从事过多方面的科学研究工作，尤其在波包动力学方面卓有建树，惜其只有近二十年的工作成果留世，未臻其高峰，编者企盼有志的青年们能接力登顶，以至其极，是所厚望。

在编辑出版本书过程中，刘淑秋、靳江波、吴琳、张莉、王昭等同仁在收集、选编、录入、翻译、校对等方面作了十分艰巨的工作，王东海研究员奔波联系出版工作。在此，编者谨致以衷心的崇敬和谢忱。

曾庆存　曾晓东

2014 年 10 月 15 日

# 附录五　卢佩生科学论文手稿和学术报告手稿选登

## 波包动力学的某些结果及其在天气和气候分析中的应用

卢佩生

(LASG, 中国科学院大气物理研究所)

(1) 大气扰动（尤其是像天气系统这样的空间和时间尺度的扰动，例如组成高空槽和脊）可以较好、较形象和简便地用波包（或几个波包的迭加）来表示，用波包动力学方法得出的结论更普遍和更与实际情况吻合。通常用的谱展开方法较复杂，也不直观，因为在天气图或月平均图上我们不能直接看到的谱系数。经典标准模方法得到的结果也不尽符合实际，例如当基流满足稳定性判据时，经典标准模方法得到的只有中性波，扰动没有发展和衰减，这显然和天气实际不符合。事实上，不是每天的天气图上都满足不稳定性判据，可是每天的天气图上的槽、脊是接二连三地发展着、衰减着，真正中性波是极其少见的。为什么？就因为标0作模是不完备的，漏掉了一些波包形式的扰动。

波包动力学的核心是应用WKB方法将方程式的解展开，得到描写扰动传播和演变过程的近似方程式。我们处理了正压大气准地转模式，曾庆存等则还对斜压大气准地转模式进行了讨论，得到了一组描写演变过程的方程。

(2) 按照所导出的这组波包动力学方程组，可以推出：在一般情况下，在演变过程中，扰动（即天气系统）除移动外，其形态和各种动力学特征也在变化，即波幅、波长、槽脊线指向等都在变化，且有规律可寻。例如我们得到：(a) 随着远离西风急流轴向西倾斜的槽脊是衰减的；随着远离西风急流轴向东倾斜的槽脊是发展的。(b) 发展型扰动的中心移向急流轴，其槽脊线的南北向倾斜度愈来愈小；而衰减型扰动的中心离高空急流轴远的移动，其槽脊线的南北向倾斜度则愈来愈大。(图1,2)

(3) 利用波包表示法还可以很方便地表示出扰动带来的动量或动量的输送，以及扰动和基流间能量的转换，从而可以方便地给出扰动对基流演变的影响。例如衰减型扰动将使任一量向急流区辐合，导致急流区基流的风速和切变都加强；发展型扰动则带来动量的辐散，导致基流风速反幅度的减弱。

(4) 在中高层对流层环流的月平均图上，叠加在平均带状环流之上有各种准定常扰动或低频扰动，像槽、脊甚至闭合的低涡和阻塞高压等，它们也常具有波包的形式，即其波列、波幅甚至波长都是随空间而变的，因而也用波包动力学方程组来研究它们的结构和传播特性。这方面的工作很多（如黄荣辉、李崇银等同志的工作），我们的工作中则主要是用特征线法十分简便和直观地求出波包动力学方程组的解。结果发现：(a) 对于常定波包（$\sigma=0$，而且扰源振幅不随时间而变），有(b) 若基流切变有一定强度，则常定波包传播路径与大圆相去甚远；(c) 在西风急流以南传播时，由低纬发出的向北半球传播的波列的波幅随纬度先无增大，到其临界纬度达到最大，然后才减小；(d) 波动正负中心的连线与波射线相交，波长愈长时交角愈大。因此，不要误认为这些连线就是波传播的方向；(d) 禁锢型波包由于入射与反射两支相互干涉而使波列复杂化。(图3-5)

(5) 对于热带地区低频扰动向中高纬度地带的传播的研究表明：(a) 当基流为西风且有急流存在时，在热带地区激发出来的低频波只有东传的 ($m>0, n>0$ 或 $\sigma>0$) 和常定的 ($\sigma=0$) 方能传播到北半球中高纬度地带。西传波 ($m>0, n<0, \sigma<0$) 及高频波只局限于扰源邻近地区。(b) 扰动的传播速度主要由群速度决定，故常定波 ($\sigma=0$) 传播到指定的纬度带甚至比低频波 ($\sigma>0$) 还要快。(c) 若扰源的振幅不随时间而变，则激发出来的波列是完整的，即从热带到北半球中高纬度带都比较明显，且低频波 ($\sigma>0$) 具有沿波射线传播的行波性质。(d) 若扰源只持续一段时间，即其振幅也具有低频扰动的性质，则激发出来的波列并不总是完整的，在初始阶段局限于扰源邻近地区，全盛时期可能由热带延续至中高纬，然后逐渐衰减而只在高纬残存，最后全部消退散去。本人认为，这些工作可以应用来研究中低纬的相互作用，尤其是热带30-60天低频扰动的动力机制。(图6-9)

2001年夏在北京大学门口，曾庆存和夫人卢佩生的合影

2001年夏在中关村，曾庆存和夫人卢佩生及儿子曾晓东合影

# 缅怀世界杰出科学家和中华忠厚长者卢嘉锡院长

中国科学院前院长卢嘉锡院士是享誉中外的杰出科学大师，我国科学事业的杰出领导人之一，是一位十分和蔼可亲的中华忠厚长者和年轻学者的英明导师和挚友，他的大名是真真正正如雷贯耳。可是直到1982年前，我都无缘见到这位仰慕颇深的长者。1981年中国科学院学部委员（今称院士）大会上，他被科学院学部委员集体选举为中国科学院院长。可是那次会议我没有参加，因为其时我正在美国作高级访问研究科学家。一年后回到北京，适值中国共产党第十二次全国代表大会召开（1982年9月1~11日），卢院长、张广厚（与杨乐、陈景润齐名的数学家）和我都以中国科学院京区选出的代表身份参加大会，而且我们三人还分配在同一个小组，这才有机会第一次见到卢院长。大会、大组会、小组会，学习、讨论、发言，都在一起，非常亲切。特别是如果晚饭后有空余时间，卢院长还和我们这"小小组"漫谈如何结合会议精神办好科学院的事，使我这样一个在"官场外"的管理学素人得以知道中国科学院整体的历史沿革和变动、现状和改革方向，以适应于党和人民振兴中国事业赶上世界先进潮流的要求，以及面临的需要改革和建设的急迫任务。卢院长虽胸有成竹、心中有数，但仍非常虚心地听取我们科研一线人员的意见，使我很是振奋。从此，我也开始试着从整体上关心国家对科学研究的布局和组织问题。

更令我难忘的是，参加这次党代会后不久，在1983年春节期间，年初二大清早，卢院长即来向我拜年。其时我家里人刚起床不久，屋内完全未收拾整理。住房也较小，晚上浣洗的衣服（包括内衣裤）还晾在横于房门口内侧的绳上，真真不好意思。卢院长毫不介意，就低着头穿过晾晒的衣服而进门入内，代表院部来看望我，了解我的情况，十分恳切地叮嘱我要以青年的热血带动我国的大气科学和气象的发展；十分关心我的身体健康情况，说"你是年富而力（身体）不强啊"，"这可不好"，"有什么困难，院里可为你解决"。院长的躬亲下士、真情关切和期望，使我深受感动，激发了我后来搞好身体健康和搞好科学研究事业的坚强意志。随后，院长还看望了郑哲敏和梁栋材等，都是新提升为研究员的人，可见卢院长对我们这些新人的悉心关怀和殷切希望！报纸作了新闻报道，我估计对当时社会也有很大反响，我在广东的老同学见到报道后就立即来信以喜悦和激动的心情告诉我。回想这件事，我想可以说明：卢院长上任后就从我国科学事业的长远发展角度看问题，寄希望于中青年科技人员，重视并着力于中青年人才的培养、选拔和任用。事后也是，我们三人先后担任了所在研究所的所长，尽职尽责。

就我所在的研究所来说，气象学（即后来的大气科学）本是我国最早建立的学科之一，"气象研究所"是中国科学院（前身为1949年前的中央研究院）最早建立的八个研究所之一。新中国成立后，为适应国家对地球学科发展的需要，该研究所先后经过了扩充、分拆和产生新研究所的过程。大气物理研究所就是这样于 1966 年初新成立的。1982 年时任所长的是国际著名气象学大师叶笃正先生,他同时是中国科学院副院长,工作很忙。叶先生和卢院长等院领导决定试用我这样的"素人"接任所长,毫无疑问这是对我极大的信任和对我的培养,不过我确实是十二万分的惶恐,战战兢兢,如履薄冰,只好在卢院长和叶先生等的鼓励和支持之下,试着去干。但因心中无数,情况不明,不敢贸然,于是新班子做了深入调研,明了了国家的需要(尤其是急需)以及如何发挥我国的制度优势,并参考国外同类研究机构建制和学科发展方向,形成了"中国科学院大气物理研究所办所方针和改革设想"(简称为"十四点意见"),经所务委员会讨论通过,即上报院部。很快就得到卢院长和院部的批准,于是召开全所大会并展开讨论。

得到院里的支持,大家热情高涨,决心把研究所搞好。我们办成了两个"开放研究实验室",不久后成为国家重点实验室,对国内和国际开放;还办成了另一个院重点实验室。当卢院长(也是第三世界科学院副院长)得知第三世界科学院有意向和中国科学院在中国建立联合科学中心,立即通知我做好准备。我所提出的"国际气候和环境科学中心"获得双方肯定,后来即成为我院第一个可以培养第三世界博士生的研究所。有了院里的支持,有了正确的办所方针,使得我所的科研水平快速提升,国际交流和合作水平也得到提高而且富有成效,我所在国际学术上的地位也很快上升。

卢院长工作的一个重要特色是用心且善于发掘与教育、培养、关怀、提拔及任用青年人才,无论是在领导教育事业上,还是领导科研院所上,都是如此。我有幸成为其中的一个例子。科学院中还有大量的例子,例如本文前面提到的郑哲敏、梁栋材、陈景润、杨乐、蒋筑英、张广厚等等。还有，为了解决蒋筑英、张广厚和曾庆丰的工作条件和医疗条件，卢院长真是殚精竭虑。其中曾庆丰是我胞兄，我对此感受尤深。曾庆丰因长期带着危急重病坚持刻苦钻研，在"构造矿床学"方面有创见，研究工作很有成绩。十多位学部委员于1986年5月联名向卢院长打报告反映情况，卢院长极其重视，当即于24日上午在院部主持召开了特别评审会，会上一致通过破格晋升曾庆丰为研究员。卢院长又立即于当天下午风尘仆仆地赶到庆丰家里去看望，告诉他消息，深情地说："发现人才，培养人才，爱护人才，为人才的脱颖而出创造条件，这是老科学家的崇高职责。"曾庆丰的感激自不待言。这件事很快被《人民日报》等各大报陆续登出，《人民日报》还加上"前辈齐举荐，院长惜人才"并配以短文，希望各单位检查一下有无"遗贤未举"。这在全国有不小的影响。只可惜此三人因劳累过度且医疗条件不可能一下子就解决，不幸在上世纪八十年代中后期先后逝世。卢院长痛心疾首，到处呼吁：不能再让"白发人哭黑发人"了。卢院长为国家、为科学、为人才鞠躬尽瘁，我们这些当年蒙恩的年轻人一辈子感激不尽。

卢老后来不再担任中国科学院院长，先后当选为全国人民代表大会常务委员会副委员长和中国人民政治协商会议全国委员会副主席，成为国家领导人之一，仍住在北京。我则在卸任研究所所长后成为埋头于科学研究的工作者，但我可以经常出入卢老家门，使我能够继续聆听他亲切热情的教诲。卢老自律甚严，坚持每日"三省吾身"，以"为四化大局谋而不忠乎？与国内外同行们交流学术而乏创新乎？奖掖后进不落实乎？"书作座右铭，以自勉自励。于中深情表达出赤诚的爱国情怀、为国家振兴而尽心尽力的忠心、在科研上坚持创新不懈、为指导和提携后学不遗余力。卢老还将此写赠给我，我也以之作为座右铭。我得益于卢老的支持、教诲和奖掖甚多，没齿难忘。

后来，卢老回到福建，我就没有机会去拜会卢老了。2001年夏天，从广播中得知卢老于2001年6月4日仙逝了，我万分悲痛，立即给在福州的中国科学院福建物质结构研究所发去唁电，如下：

> 惊悉我们的老院长、全国政协副主席、全国人大常委会原副委员长卢嘉锡院士不幸辞世，不胜悲痛，谨致哀悼。
>
> 卢老一生心系国家社稷，他对国家、民族、科学和教育事业的伟大贡献，早已载入史册，尽人皆知；他的光辉形象人人敬仰。他的辞世是我国科技界和教育界，我们中国科学院，包括中国科学院大气物理研究所在内的各个研究所，以及所有在他领导和教育下蒙恩泽而成长的人们的无法估量的重大损失。
>
> 卢老既是贤明的领导人，又是和蔼可亲的忠厚长者，识拔英才，扶助奖励后进，不遗余力；对青年和学生辈循循善诱，诲人不倦，这些都是有口皆碑，让我们深感受惠的。
>
> 卢老是我的恩师，他的大恩大德难以尽言。永忆恩师任院长之初，就亲自热情关心和帮助像我这样在当时还有困难的"寒素之士"；继而委以所长重任，大力支持我们所的各项工作；在我卸任后，仍不断给我点拨，并不耻下问，经常讨论问题，让我们这些后生辈成为他的忘年交。恩师的音容犹在目前，教诲常铭于心，忽闻恩师仙去，悲痛不已。今誓将努力奋进，以期不负恩师教诲，以慰恩师在天之灵。
>
> 曾庆存泣电

自那以后，我确实仍然继续努力奋进，但成果不多。只在自然控制论、气象灾害特别是东亚沙尘暴研究、跨季度气候预测模式和方法研究上有点成绩，并为应对全球气候变化问题而组织我国研制完整的地球系统模式方面开了个头，有所发展，但成绩不大，愧对恩师。

2021 年 9 月

## 附录　卢院长惠赐的手书座右铭手迹

吾身：谋国交创道
吾局兴们乏后
省大乎？行而披
三化忠同术奖卖乎？
日四不外学乎？落
吾为而内流新不

读论语，曾子三省名言有所感而作如上座
右铭以自勉，兹承嘱录此与鲁存同志共勉！
一九九四年元月　卢嘉锡

缅怀世界杰出科学家和中华忠厚长者卢嘉锡院长　125

卢嘉锡先生
（1915年10月26日—2001年6月4日）

曾庆存（左）在卢嘉锡院长（右）家里讨论大气所工作

1986年6月卢嘉锡院长（前排右四）和曾庆存所长（前排右三）在颐和园听鹂馆会见LASG（大气科学和地球流体力学数值模拟国家重点实验室）部分学术委员及前来参加学术交流的外国学者

# 缅怀我国"两弹一星"元勋和大气物理学动力学大师
## ——赵九章先生

记得 1952 年夏，国家号召我们考大学，我被北京大学物理系录取。该年 11 月新生才进入北京大学，这时才得知物理系下设有物理学和气象学两个专业。物理系让新生了解专业的情况和国家的需要，专门请了中国科学院地球物理和气象研究所所长赵九章，学部委员、中央气象局（那时属于军委）局长涂长望教授等著名学者和领导者，做气象学专门介绍和专业教育，使我们了解到我国气象业务建设的迫切性。印象最深的是赵九章先生本来是清华大学物理系的高才生，是在系主任、物理学大师叶企孙教授建议下赴德国留学气象学的，以便回国后开展气象学科建设和提高我国气象水平。因为没有坚实的物理学基础便没有科学化的气象事业，所以赵先生留德时就毅然改攻气象学，成为当时世界上杰出的动力气象学大师，回国后给我国气象学研究打下坚实基础。赵先生的现身说法大大感动了我们这些被分配到气象学专业的新生。自那以后，我们知道了气象学和物理学、数学等的紧密联系，在四年的大学学习中，以赵先生为榜样，既爱上了气象专业，准备为祖国的气象事业献身，也渴望深入其物理和数学的内容，准备使我国气象科学挺进到国际先进水平。

1956年我大学毕业，通过高等教育部的考试，被录取赴苏联留学。行前征求过叶笃正、谢义炳、顾震潮等专家的意见，决定拟到列宁格勒——莫斯科学派的首领之一基别尔教授门下学习动力气象学和数值天气预报理论。结果如愿以偿，到苏联科学院应用地球物理研究所当研究生。在那里学习，先要猛补数学和物理学等理论基础，昼夜用功，静学专思，深深体会到要想达到赵九章教授和基别尔教授的理论水平极不容易。学完通过考试后，我拟选应用导师发展的全球三维准地转模式做长期天气（即短期气候）预测的题目。其时（1958年底）适值以中国科学院地球物理和气象研究所所长赵九章教授为首的中国代表团访问苏联应用地球物理研究所，讨论两国两单位合作事务，赵先生还抽时间接见了在该所学习的我国研究生们，详细了解我们的主攻方向等。可能他与该所会谈时除谈双方合作事务外，也谈到研究人才的培养问题。后来，1959年春，我已将导师的模式作了些推广，导师很满意，建议发表。但很快又找我谈，建议我将研究方向改为攻研用斜压原始方程作短期数值天气预报。这是因为另一中国留学生已先选了题目作长期预报研究；而当时世界气象学主流学者包括他本人都在攻研求解原始方程问题，这是一个亟待攻克的世界难题。我听从了导师的安排，经过很艰苦的上下探索，很幸运，提出了一种差分求解法（即今广泛使用的被称为"半隐式差分法"）。导师立即让另一学生（我的苏联师弟）将我的方法用来做实际天气预报业务，这就是世界上第一个采用求解原始方程做实际天气预报成功的方法。过了不久，该所派人到中国科学院地球物理和气象研究所回访，此人介绍了我这个工作成果，引起了赵九章所长和叶笃正先生、顾震潮先生等的注意，这就使我回国后能被分配到中国科学院地球物理和气象研究所工作。

赵先生还特别关照叶先生等要安排和照顾好我的研究工作（见叶先生在纪念赵先生的文集上的文章），使我后来得以专注于深入钻研数值天气预报和大气动力学理论问题。

赵先生大度博爱、留意识拔、照顾周到和用心培养人才而不问其出身，这是远近闻名的。能得到赵先生这样的关怀照顾使我非常感动，并下定决心在任何条件下，都要以赵先生为榜样，忠于国家，敢于钻研高深的科学问题，也要提携和帮助工作中的后来者。可是当时我身体不大好，尤其是消化系统，一次偶然的机会我转到协和医院就诊，被留下来住院检查治疗。赵先生得知后，便亲自写信给他的好友——协和医院消化科名医张孝骞教授，让张先生到我病房给我诊治。平日在所里，常见赵所长巡行办公室，入来随意（但是很用心）询问研究课题和进展，坐下来便讨论并指点，非常随和，在无形中得到他的启发和指点，使我学问有进。因为我们都住在中关村，很近，周日或晚上我有时去看望赵先生和师母，先生都接我以清谈，无论自然科学、经史和书法。赵先生浙江吴兴人，工书法，写得一手端庄、雅秀、飘逸的楷书，属纯正的赵孟𫖯体，可说是青出于蓝而胜于蓝。一日晚，赵先生正得闲写条幅，我有幸得在旁凝神敛气，静观雅赏，叹为观止。后来赵先生专门书写了一幅，用的是唐人张若虚的名诗《春江花月夜》，写上我的名字，差人赠送到我家，这是我无价的珍藏品。只可惜，由于数次搬家，这幅字却不知怎的丢失了，非常非常遗憾。

地球科学太宏观，太复杂，难于全面观测，难于做实物实验。直到上世纪中，地球科学大都处于普查和定性研究阶段，相对落后，研究方法亟待提高，要现代化。为此，大约在 1958 年，赵先生提出：地球科学必须"数理化、工程技术化"这个非常重要的学科发展方针。他首先从自己领导的地球物理和气象研究所开始，进行整治和建设，成绩很显著，蒸蒸日上。不过数年，该所规模已大为扩展了，研究的课题都是国家急需的、先进的和现代化的全新科学技术问题。由于规模的扩充和为满足国家其时的需求，该所析成为应用地球物理研究所（即今空间科学中心）、地球物理研究所、大气物理研究所等数个独立的研究所。赵先生除主管应用地球物理所外，还兼大气物理研究所所长。此时我才猛然觉悟，1958 年赵先生那次访问苏联应用地球物理研究所主要目的是拟商讨双方就空间科学技术合作的可能性问题（1957 年苏联是世界上第一个成功发射人造地球卫星的国家，但研究工作是绝密的）。由于赵先生后来的杰出贡献，被授予国家"两弹一星元勋"的至高荣誉。

1966 年我从农村社会主义教育工作队归来，已入籍于新成立的"大气物理研究所"了。按赵先生早已确定的要"数理化、工程技术化"的方针和要求，这个新所的任务就是要从事新的基础性和国家急需的应用性难题的研究。已逐步拥有自行研制的或引进的全套先进大气探测技术，进行大气云雨物理和雷电的野外及实验室内的观测实验研究；建成了当时世界最高的大气边界层特性观测塔进行物理化学监测和分析；拥有电子计算机（尽管与当时国外的不可比）以作数值天气预报和大气环流分析研究。大气物理研究所第二任所长是顾震潮先生，也是世界知名的大气物理和动力学大学者，特别是世界上数值天气预报的先驱之一。赵先生和顾先生在学术上对我所的影响无疑是巨大的，只可惜在所长任上时间很短，即先后去世，令人长叹。

第三任所长是世界知名的大气环流和动力学家叶笃正先生（从 1978

年起），除沿着赵先生的路线办所外，更依靠其自身在世界大气科学界的巨大影响力，大大地拓广了国际交流和合作，使得大气物理研究所在国际上已有相当的地位了。

待到1984年，我被推上所长位置，十分惶恐，特别是国家和中国科学院都迎来了一个急需和重大的改革时期，究竟要探出一条什么新路来办所呢？经过仔细分析考虑，觉得赵先生提出的要"数理化、工程技术化"仍然是精髓，将这和国家迫切要求解决的任务有机地结合起来十分重要，由此形成了办所方针和改革的"十四点意见"，得到院部批准，全所同志拥护和努力执行，似乎效果是好的，我们研究所继续发展壮大起来。1993年我卸任，扪心自问，我们努力传承了赵先生和叶先生等前辈的主要学术思想和办所方针（用宗教语言说，就是传承衣钵），总算在一定程度上可以告慰先贤们的在天之灵。至于对事业究竟如何评价，留待后人鉴定吧！

赵先生的提携和关怀照顾不仅限于我个人，而是及于我全家。我爱人卢佩生大学时与我同班，毕业后即分配到中国科学院生物学地学部工作，主要职责是协助学部搞学科和研究所的调查研究，理清学术问题、任务需要和国内院内的现状，以及急迫需要解决的业务和组织机构等。其成员由当时的中国科学院学部委员（后称院士）选出，是参谋班子，也是办具体事的班子。卢佩生负责联系的是与大气、海洋和地球物理有关的学科和相关研究所，这些所也正是赵先生主持和关心的。她有幸得以经常聆听赵先生的教导、讨论，赵先生经常像父亲拉着小闺女的小手一样和她边交谈边散步，使得她水平提高很快，写出过几篇赵先生也很满意的调研报告。赵先生拟调她作为自己的秘书而加以进一步培养，就像赵先生对他发现自己身边的可造之才一样加以提拔培养。可是学部早已有分工而没有事成，于是建议她投考自己作指导的研究生。佩生积极学习准备了两年，但因同样原因而未能如愿。不过，学部后来改组，所有工作人员下放到各所，佩生分到大气物理所，正是凭着赵先生培养、督促而打下的理论基础，使她得以胜任具体的理论研究工作，没有辜负赵先生的培养和关怀，这也是可以告慰赵先生在天之灵的。

曾庆存

2021 年 9 月

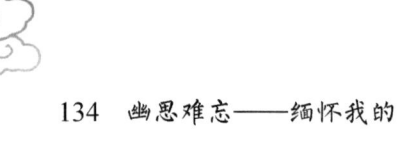

赵九章先生
(1907年10月15日—1968年10月26日)

赵九章（前排右1）与华罗庚（前排右2）、钱三强（前排右3）、张文佑（后排左1）等在苏联访问（1953年）

赵九章（左8）与钱三强（左6）、华罗庚（左5）等在莫斯科（1953年）

1988年12月在四所联办"缅怀卓越科学家赵九章教授报告"上曾庆存做报告，地点在北京中关村原地球物理研究所三楼礼堂

沉痛哀悼恩师谢义炳院士

恩师谢义炳院士不幸辞世，不胜悲痛。缅怀恩师的人品学问、道德风范，永记恩师的教诲与栽培。音容犹在，而人已杳，学生欲再请教于恩师已无处寻踪了，悲从中来，哀不能已。当今改革开放、中华振兴时，科技兴国深入人心，国家需要贤明学者顾问，后辈莘莘学子需要大家宗师指导，而我恩师亦以天下为己任，为国家鞠躬尽力，教导后辈，孜孜不倦，方共期祖国繁荣昌盛、科技列于世界前茅，不意苍天竟邀恩师仙去，苍天怎么这样无情？怎么这样不顾人间的愿望？

谢老师热爱祖国，热爱中华民族，深明大义，耿介有大志；他学识渊博高深，且虚怀若谷，学而不厌，诲人不倦。在清华北大执教近五十年，桃李满天下，为祖国气象事业奋斗了一生，他的卓越贡献是尽人皆知的；他在学术上敏求创造，多所发明，是世界气象学的最杰出学者之一，这也是世所公认的。尤其使我们学生辈感受至深、受益无穷的是他为我们高悬崇大的楷模。他言传身教，培养学风，使学生辈有崇高的理想，意气风发，艰苦努力，去为祖国气象事业奋斗、为科学献身。我们学生辈能为祖国有所作为，是和恩师的长期教导分不开的。

回忆学生我初入北京大学的时候，恩师就语重心长地教导我们要服从祖国的需要，热爱气象科学；尤其是气象在当时还只是一门年轻的"刚够格"的新科学，要勇于创造，促其发展。恩师大胆预言：在不久的将来，气象学将与数理化等成熟的科学并驾齐驱，成为一门现代化的为世人重视的科学；指出我们能参与这样壮阔急进的转变过程，该是多么豪迈！恩师的预言早已成为现实。他和他的众多学生们所献身的气象科学，而今确实已发展成熟，成为世界和我国人民生活和建设不可缺少的了。

谢老师胸怀大志，锐于创新。他指出：不管挪威学派、芝加哥学派，都只是那个时代加上当地智慧所形成的，必有其局限性；他号召我们不要盲目崇拜、墨守成规，要敢于突破，发扬我国悠久而优秀的文化传统，从我们时代的要求和我们自己的实践出发，创立东亚学派。这极大地鼓舞着我们，使我们不仅安心学习，而且立志攀登科学高峰。谢老师本人也是这样躬身力行的，并直接或间接地率领他的学生们和在他学术思想影响下的后辈努力实践。到今天，我国无论在气象事业上还是气象和大气科学的发展上，都是举世瞩目的，中国确已在国际先进之林中占有一定地位。当今世界日趋一体化，人们较少谈论学术的地区地位，东亚学派的有无姑且不论，但中国学者对气象和大气科学的贡献，是受到国际重视的。这固然是我国政府和广大气象工作者齐心努力的结果，但谢老师的胆略和他及他同辈学者的功劳也是显而易见的。

谢老师不仅讲授当时世界上最先进的气象学术思想和理论，而且与气象学新问题的研究以及我国业务实际相结合，融会贯通，连成一体，继承与创新并重。这使我们学生辈听来心领神会，直欲跃跃一试。谢老师最先发现东亚锋面的多层结构，不同于挪威学派和芝加哥学派的锋面模式，其实，后来仔细分析北美锋面也大多如此。谢老师最先指出中低纬地带水汽的巨大作用而必须用等湿球位温线以定锋区界面，这是个重大的创造，现早已成为众所使用和行之有效的方法了，可是在 20 世纪 50 年代初那是令人称奇不已的新鲜事物啊！谢老师从我国天气分析和预报实践中得出经典的地转风概念并非很理想的分析依据，尊重中国地形复杂又处于中低纬度带的事实，他突破成规，抛弃以分析气压场为主的方法，改为以分析风场为主。这本来是自然而然的事，可是在当时非有谢老师的大智大勇，谁能食古而化，不怕犯"原则性错误"而翻这铁案？！学生等后来研究地转适应过程和非地转模式问题，并直接攻使用原始方程作数值天气预报的理论和实用问题，首先是由谢老师的这些学术思想推动的，当然苏联学者的影响也是十分重要的。学生记忆犹新：当学生把关于实测风场的使用问题的第一个工作呈献给谢老师时，他阅后批道："言之成理，持之有故"，建议立即发表，这就是我在《气象学报》上发表的第一篇文章。他是多么欣喜又多么热心鼓励后进！

　　谢老师早年从事高空冷涡和切变线问题的研究，饮誉国际，成为芝加哥学派的中坚一员。可是回国之后，为了中国事业的需要，他毅然改为研究难度更大但对中国有重大意义的中低纬地区降雨过程的分析研究，以及有关的大气环流和天气预报问题，这既奠定了我国三度空间分析的基础，同时创造出新的理论。例如他最早注意到由于高低纬气流相互作用而形成的大型天气系统以及斜交纬圈的气候带；他最早研究了中低纬夏季流型的相互作用所形成的低频变动及其与台风发生发展的关系；他最早从天气动力学观点研究湿空气及凝结加热造成的天气系统发展问题，以致后来发展成系统湿斜压动力学及天气系统发展理论；这些观点和理论在提高我国天气预报水平中起了十分显著的作用，也为国内外学者用更详尽的资料分析所证实。现在已没有人怀疑湿空气的作用，可是当时人们还习惯于短期天气系统发展主要是绝热过程的说法；现在人们已熟知低纬低频变动及其在中长期预报中的重要性，可是其最初的发现实是石破天惊的事情。还有，谢老师也是最早揭露和阐明大气环流变动有长、中、短期过程相互作用，天气预报必须长、中、短期过程兼顾。这些观点现已为预报考虑的着眼点，而最初的提出则是使人眼界豁然开阔起来。

  谢老师学识渊博，无论文史哲理，乃至大气科学各分支，无不通晓，驾驭自如。在我们的大学四年中，谢老师讲授过很多门课程。例如概率论和数理统计，他是由于教学需要而边学边教的，可是他讲得出神入化，使我们听得津津有味，一生不忘。谢老师虽然主张学生我以攻天气动力学为主，但建议我作学年论文时选大气边界层的题目以广眼界；而在指导学生我作大学毕业论文时，首先要求熟悉气象观测，然后从按天气报告电码填图开始，直到分析和上升到概念模式（当时称天气范式）和理论。这不但使我们了解了实际，而且这基本功功底日后受益无穷。后来，学生我因工作需要有一段时间从事卫星气象和大气遥感研究，当我呈送自己这方面的论著给谢老师时，不好意思地说："老师的期望学生明白，可是如今种瓜得豆，愧对老师。"谢老师却一手拿起论文，一手执着学生的手说："瓜也要，豆也要，都是人民所需，多多益善！"给学生以热切的鼓励。

恩师不仅教书育人,而且待学生如赤子,既关心其志向学业,也想方设法帮助解决他们的各方面困难。大学毕业时,经过考试选拔,我将被派往苏联当研究生,可是因家贫我极想工作以孝敬双亲,以便帮助解决家里经济困难,去与不去,思想斗争很苦。恩师得知,慷慨解囊,按期给我家寄钱,消除我的后顾之忧,轻快踏上留学之途,学生我本人和全家都得到了恩师的惠赐。设无恩师这一义举,就没有学生我的今日。此情此恩,毕生难忘。五年后归来重见,恩师特书赠贾岛剑客之诗:"五年磨一剑,霜刃未经试,今朝把示人,何忧不平事?!"其中原诗的"十年"特为改为"五年"。学生我虽愧不敢当,但恩师期望的殷切、鼓励的热忱,和他的创立东亚学派的思想一道,永远是激励和鞭策学生前进的推动力。

谢老师作风正派,忠诚耿直,坚忍不拔;他性格鲜明,表里一致,刚正不阿,遇事仗义敢言,不同流俗;然而与同事和学生相处、与人民相往来又是十分随和与虚心。他的人品,他的道德风范,感人至深。他众多的学生中学者型的人不少,大家都努力工作,认真负责,实事求是;即使处于某种领导岗位,也绝少官僚习气。这无疑与谢老师长期熏陶有很大关系。

而今,恩师已经仙去了。但榜样的力量是无穷的,恩师开创的学风和学术思想必将继续发展。恩师的光辉不灭、永垂不朽!

## 注

1995年恩师逝世时我写的这篇悼文,概述了恩师谢义炳院士的学术成就和对中国和世界气象学的巨大影响,以及对中国气象事业和教育事业的巨大贡献。该文被编入吴国良、刘天民和罗明远编注的《攀上珠峰踏北边》一书中（中国科学技术出版社，2005年）。加有如下的编者注：谢义炳院士（1917—1995年）是世界著名的气象学家，早年在美国芝加哥大学获博士学位，1950年回国，先后在清华大学气象系、北京大学物理系和地球物理系任教授、系副主任和主任。1978年起被选为中国气象学会副理事长和名誉理事长、《气象学报》主编。1980年被选为中国科学院学部委员（院士）。他是曾庆存的恩师，对曾庆存有很深的影响。本悼文转载自《大气科学》1995年，第十九卷第六期。《中国科学报》、《中国气象报》和《气象学报》也刊登了此文，并做了微小的删改。

  还应指出，谢义炳院士无论在气象科学上，还是气象学教学和我国气象事业方面，毫无疑问都是一位大师。这篇文章和下面一篇附录的标题只称为院士，也不好把标题改动了。本文概略但全面地说明了谢义炳恩师学术上对我的巨大影响和生活上对我的巨大关怀。无论我在北大读书期间，还是留苏回国工作的年代，谢恩师家的大门对我都是敞开的，随时让我来访，可以纵谈天下大事，研讨各种学问和工作及生活的各种问题，亲密无间。即使我在外地，甚至在国外，也可通书信向恩师汇报工作和深入讨论问题，下面就选一篇我访美时的汇报作为附录。

# 附录　访美寄老师谢义炳院士的信

**谢老师：**

　　学生受委派赴美以来，忽又十个月了。行前我们长谈了数小时，老师的教导和赠言，至今言犹在耳："要打开局面，承前启后，挑起重担"，"要领会别人创学派的精神，搞好中国的大业，干出中国成套的东西来"我也记得你不久前访美归来在气象学会报告会上的话："不要陶醉在一片欢迎声中，下一步就看中国是否有自己的东西，否则合作就此完结了。"这段时间的实践证明，这些教导是很正确、很中肯的。

　　我一直体会老师的话，按此去做，兢兢业业，努力为国家、为今后的合作、为后来者而打开局面［这也是老叶委派我到地球物理流体动力学实验室（Geophysical Fluid Dynamics Laboratory，GFDL）来的用意］。在 GFDL，受到了很好的欢迎，至今，友谊和合作是在不断发展之中的。当然，老叶在此，从两国、两单位来说，老叶的作用自然是决定性的，我这里只就我个人的相处方面来说罢了。这种发展是要经过很大努力，有时甚至是艰苦的，俗话说，甜酸苦辣都要尝遍，才是人生。初来时语言上碰到不少障碍（来前准备不足）。加之 GFDL "世界第一"，自视甚高，必须经过很大努力，方能适应、立足，赢得他们的了解和尊敬。例如，我在此作第一次学术报告（这也是国内来人作的第一次报告），讲的是我们自己的概念、方法和结果，大多未曾为外国学者所知，问题接连不断（不过都是学术性的，也是友好的），而且大大超出题目范围，从基本理论一直到当代预报中的主要问题、难题。这样也好，我则有问必答，结果是赢得了了解与尊敬，两次长时间热烈的鼓掌，纷纷握手道贺。又例如，我们的结果必须在这里重复出来，人家才肯信（我的结果在此早已重复出来，而且后来在理论和数值试验上都取得更新、更好的结果）。总之，必须努力，必须像你所说的有中国自己的东西，才能真正得到尊敬，才会真正有继续合作。所以，我一直在此埋头苦干，我想用实际的行动和成果来报答老师的栽培、支持和期望。前不久，当我已把在 GFDL 的基础搞好，才应邀再到别的大学去作短期访问和讲演（全部费用均由他们出，这也是很友好和尊敬的表示），回来又立即在 GFDL 做学术报告，三周内作了六个学术报告和两个非正式报告，也都比较成功，受到热烈欢迎。从现在形势看，在 GFDL 内外，局面打开了。我这才松了一口气。当然，不能有丝毫的松懈，还要再接再厉，扩大局面，才能真正有助于中美学术交流，有助于后来者。不过，只是到了现在，当我可以明显判定战果时，心里才感到一点欣慰，可以向老师汇报一下了。确实，在这之前，酣战未暇下鞍，为国为事业打开局面，完成老师委派之命，乃是第一要紧的事。相信老师也会谅解我这么长时间未通消息的。

再说一下关于 Illinois（伊利诺伊）、Chicago（芝加哥）和 Wisconsin（威斯康星）三所大学的访问，在报告前总是展示我写的书而大加赞扬一番，我所做的报告与会者也颇有兴趣；有活泼的讨论，不少人要求得到报告稿和我的书（《大气红外遥测原理》一书引起了一定的注意；而《数值天气预报的数学物理基础》则在日本的书评中有较高的评价，"世界上第一本这方面的书"、"反映了气象学理论化的完成"，美国也有该书的择译，所以人们是知道的）。各教授主动向我介绍他们自己的研究成果，并让研究生征求我对他们博士论文该如何做好的意见并提出许多问题，甚至希望我帮助他们沟通与 GFDL 的关系。尤其使我感动的是：郭先生、Ogura（小仓）教授（Illinois 大学大气科学研究室主任）和 Kutzbach（库茨巴赫）教授（Wisconsin 气象系主任）。郭先生一片诚心接引后进，花了一整天与我切磋，得益颇多，还两次邀我到家共饭，促膝纵谈至深夜，感激之余，我当即成数句恭书以赠郭先生："高山仰止，景行行止；气象科学，一代宗师。"你、老叶和郭先生时称我国近代气象的"三绝"，是我国气象界引以为自豪的。国内外也都清楚你们的影响，尤其是你和老叶的直接培养，是中国气象学能够和世界共进的重要原因——我碰到几个印度人都这样说，并抱怨印度不曾有这样的人物，所以落后云云。衷心地说，我对谢老师也是怀着同样的敬仰和感激之情的，上述四句完全可以同样地献给谢老师。Ogura 教授也和我谈了大半天，并设特宴招待，甚欢。Kutzbach 则召集了系里以及空间中心全部名流设宴招待。华人更是热情，Wisconsin 临走前夕一直到我住处谈至子夜。而 Illinois 大学麦教授与我讨论尤多。他很爱国，值其生日宴请，我也作诗以赠："千里驱驰访俊雄，天涯得友畅心胸。逢君庆喜筵开日，愧我不胜酒力浓。我有苦心营数理（他对我能通数个领域，数、理精深，表示佩服），君怀壮志驾云风（我对他的踏实，从飞机资料分析到理论，以深研热带、季风、积云作用等表示尊敬）。同乡同业同勤奋，还期盛会再重逢。"总之，尊敬和欢迎，远远超出我的意料之外。寻思其原因，可能主要有两条：一是这三十年来我国气象事业虽经波折但仍确有成就，特别是经你们亲手培养了新的一代，可以拿出些硬货来，人家认为有点东西可合作（我们也清醒地知道，在全局上，我们仍很落后，重要的问题是变我国"潜在的重要性"为现实的重要性）；二是你、老叶和郭先生等的引荐，这也是很重要的，我感受很深，你们在美享有盛名。每到一处，当我说是谢先生、叶先生的学生时，人们总是特别高兴，非常尊敬，其实，这是敬其师，及于弟子。人们是把我作为新的一代的代表而尊敬、而欢迎的。由此亦可说明，设若谢老师能再到美各地访问两三个月，重建联系，再为中美合作架桥，定会起更大作用。老叶此行很成功，就是明证。当然，我知道谢先生志在建立我国国内的气象大业，学生亦有志于此，丝毫不羡国外，我这里只是说如何为完成此大业而争取外援的问题。

下面再谈一些可能与北大有关的问题。

（1）Wisconsin 大学气象系设有 Center for Climatic research（气候研究中心），系主任 J.E.Kutzbach 主其事。研究气候变化，古气候、地质、史、地资料都搜集并分析，还用大气环流模式计算九千年前气候，得到彼时多雨、林木茂盛，颇有趣（材料一份，见另寄）。他很希望能和中国合作，有一助手（地质出身）懂汉语，准备查中文原始材料。我也向他介绍了北大于这方面很有研究，颇有成果。我想，北大若与他们有一定联系或合作可能有好处：多少可以传播一些我国的成果（当然，原始资料乃国宝，不应轻易向外提供的），同时与世界气候变化相印证；其次，可送点人出来开阔眼界。不知尊意如何？如需要，我可以再了解并帮助与之联系的。还有，王绍武等作的历史气候图（用经验正交函数）是很好的，不知是否已公开发表，如尚未，我以为值得发表一二（如可能，我也想得一二，并代为宣传）。

（2）我国，尤其北大，对东亚冷空气结构、热带、副热带环流等研究有许多贡献，但时过境迁，新人（乃至在外华人）并不晓得。现在他们要搞环流剖面（季风计划的一部分），搞寒流对南海、赤道海域影响、冷空气路径以及东南亚副热带、热带环流。我曾向刘雅章（N. C. Lau，在 GFDL，获"优秀学者"称号）、刘家铭（W. K. M. Lau，在 NASA）介绍过北大的工作：你的冬季多层锋面结构和夏季中长期振荡与台风的关系等，李先生的寒潮可达赤道以及两半球相互影响，张镡的多层结构、不同部位环流不同等，他们很有兴趣，欲得其文，并加引用。我看，谢老师可否让张镡他们给寄去一些有关文章，这对宣传我国成果，争取国外反映、使用、承认，有一定用处。今附上刘等送给你们的文章（见另寄），有空可看一眼，或让有关者浏览一下。他们只作统计，

148 　幽思难忘——缅怀我的至亲和师友们

见森林而不见树木，北大如能再作些典型分析，会是很有用处的。

　　许久不谈，一谈就这许多，占用你的时间，很抱歉。

敬礼！

学生　曾庆存敬上<br>1981 年 11 月 16 日

## 注

本文亦载于吴国良等编注的《攀上珠峰踏北边》一书中，并加编者注如下：

**编者注**：这封信是北京大学物理学院大气科学系蒋尚城教授保存的，他认为"这是十分珍贵的历史资料"，所以用 e-mail 传给了曾庆存，其 e-mail 内容如下：

发件人：scjiangscjiang@pku.edu.cn

收件人：zengqczengqc@mail.iap.ac.cn

主题：Fw：曾庆存致谢义炳先生的信

日期：2005-1-25　8：42：00

附件：Clear Day Bkgrd.JPG，　曾庆存信封.JPG，　曾庆存信 1.JPG，曾庆存信 2.JPG，曾庆存信 3.JPG

曾先生：

附件是你 23 年以前自美国寄给谢先生的信，十分感人，引起了我强烈的共鸣，当时我把它在党内传阅，作为学习材料。这是十分珍贵的历史资料，我将它扫描后寄给你，这样你可以存在计算机里永久保存。另外我想知道你那里是否有北大地球物理系聘请你为兼职教授时的照片，如果没有，我将找出来后再寄给你。

　　祝　冬安

蒋尚城<br>2005 年 1 月 25 日

难得蒋尚城教授给我们邮来了这信件，我们欣喜异常。曾庆存写的这封信虽然尘封已久，时过境迁，但十分珍贵。现在我们读起来，犹然很激动，为其所传达出来的师生间亲切、热烈、生动的情谊和高尚志气所感动。老前辈们的垂范、谆谆教诲和殷切期望，后辈们谨遵教导、努力实行、不负所托，矢志搞出中国自己的东西来，矢志振兴中国科学。

信中说的"老叶"或"叶先生"就是大气物理研究所德高望重的世界著名的科学家叶笃正院士，也是曾庆存的恩师。这里以"老叶"称呼是那个时代的习俗时尚，并无不敬之意，那时甚至连外国科学家到中国来做报告和讲话时也以"Lao Ye"（老叶）作称呼，带有敬意并遵循了中国礼仪。信中的"郭先生"就是世界著名的华人气象学家郭晓岚教授，Rossby（罗斯比）奖获得者。叶、谢、郭在第二次世界大战后同在芝加哥大学留学，得博士学位。他们学问出众，享有盛誉，在当时是芝加哥学派的重要骨干，他们当年的外国助手和学生至今都常常提及和盛赞他们三人。

谢义炳先生
(1917年4月3日—1995年8月24日)

1992年4月在谢义炳(左一)先生家,曾庆存院士(右一)代表大气所和该所全体谢先生的学生为谢先生75寿辰祝寿(右三为丁一汇院士,右二为任阵海院士,右四为北京大学地球物理系主任刘式达教授;谢老师左边是师母李孝芳教授——也是我们的老师)

谢义炳先生诞辰 100 周年纪念会合影，摄于 2017 年 5 月 6 日北京大学

# 叶笃正先生的生平与学术思想介绍

## ——缅怀恩师叶笃正院士

我们失去了我们日夜思念的敬爱的学术导师和领路人叶笃正先生整整一年了，今天中国气象学会和中国科学院大气物理研究所联合举办先生学术思想专题报告会，借以寄托对先生的缅怀，继承和发扬光大先生的学术思想，是很适时的。

我们的老师叶笃正先生是一位伟大的爱国者、中国共产党优秀党员，是一位杰出的科学大师和科研事业的组织领导者，他在科学上的成就和功绩无论如何评价都不会过高，他在各方面也都有广泛而且巨大的贡献，他把一生都献给了祖国、人民和科学事业，是我们永远要学习的榜样。

先生祖籍安徽安庆，1916年2月21日出生于天津市书香门第，2013年10月16日于北京辞世，享年98岁，仁者高寿，功德圆满。

先生少年时就读于南开中学，思想进步，关心国家命运。后考入清华大学气象系，正值抗日战争爆发，先生积极参与抗日救亡运动，奔走各地。1940年大学毕业，即到当时已内迁的浙江大学史地研究所做研究生，师从名师王淦昌先生（即新中国的两弹一星元勋之一），在贵州从事大气电学研究。1945年抗日胜利后，赴美国芝加哥大学留学，师从当时的气象学大师 Rossby 教授，1948年获得博士学位并留校作研究工作，成为芝加哥学派的中坚之一，与同年获得博士学位、同被视为芝加哥学派中坚的郭晓岚先生和谢义炳先生被并称为中国三杰，是中国气象学史上的一段佳话。

新中国成立后，先生毅然冲破重重困难，于1950年10月回到祖国，投身于新中国的气象科学事业，任职于中国科学院地球物理和气象研究所，从此先生潜心攻研气象科学，带领中华学子迈进气象科学的现代化，使之列于世界先进之林。同时还呕心沥血，承担组织、领导、管理工作，在赵九章所长领导下，他和顾震潮先生、陶诗言先生等筹建了该所气象学研究室。1958年起该室即已成为国际瞩目的气象学研究单位，1966年发展为中国科学院大气物理研究所。1978年先生任所长，研究所日逐扩大，蒸蒸日上，成为世界上一个重要研究单位，全面包含大气科学各分科。1980年先生当选为中国科学院学部委员（院士），随后任中国科学院副院长（1981—1984），国家科委气象组副组长，中国气象学会理事长。1985年后任中国气候研究委员会主任、中国 IUGG 国家委员会主席和顾问、中国地圈和生物圈委员会主席，还是第三届和第五届全国人大代表、第六届和第七届常务委员。他肩负起全面推进我国气象科学和地球科学的重任，并用心接引和培养后进，成就了大批高级人才。同时先生和邹竞蒙局长及陶诗言先生等一起积极推动海峡两岸气象界的交流和合作，至今蔚成风气，两岸有口皆碑。先生尤其重视国际学术交流和合作，他在 IAMAP，WCRP，IUGG 和 IGBP 中都是重要专家和国际计划的发起者和敲定者之一，使中国对世界科学计划作出重要贡献。

叶笃正先生的学术思想敏锐，极具前瞻性，学风严谨，一丝不苟，既高瞻远瞩，又理论联系实际，解决具体需要的问题。他研究的气象问题既有一般的普适性，又特别关注中国和东亚的特殊性，其研究结果既是列于国际前沿，又有鲜明的特色，是二者完美的结合，为国际和国内所盛赞。

先生在大气动力学、大气环流、青藏高原气象学和高原气象学、阻塞高压、陆气相互作用，和全球气候和环境变化等领域都有重大的贡献。

## （一）大气动力学

先生在20世纪40年代发挥了Rossby关于能量频散的观点，在《大气中能量频散》一文中给出了大气长波能量频散的几种模型，使Rossby长波公式可用于实际预报，成为动力气象学的经典著作之一。

20世纪50年代初，世界气象界掀起风场与气压场相互作用研究的热潮，各家各执一词，都有片面性，先生在1957年发表的《大气准地转运动的形成》一文中才得到全面的结论——地转适应过程依赖于扰动的水平尺度：即空间尺度很大的运动，以气压场为主导，尺度较小时是以风场为主导。后来，又推广到大气的中小尺度运动中去。

## （二）大气环流

先生全面概括了大气环流的主要事实，对其本质作了理论阐释，他和朱抱真合作1958年发表的《大气环流的若干基本问题》是集当时研究大成的经典著作。而先生和顾震潮、陶诗言、李麦村等的合作研究则揭示了东亚大气环流的重要特点，并发现东亚和北美上空急流的季节突变，为此后研究季节变化、季风和气候预测提供了重要依据；和陶诗言等合作的《北半球阻塞高压的研究》也很有实际意义。为此,他们于 1956 年和 1987 年分别获得国家自然科学奖三等奖和一等奖。

## (三)青藏高原气象学和高原气象学

先生和陶诗言、高由禧、杨鉴初合作,系统研究了青藏高原对全球大气环流的影响以及在东亚气候形成的作用,得出青藏高原冬夏各为冷源和热源,这些和高原的动力作用一起(而非动力单独作用)并和海陆热力作用叠加,才形成了观测到的大气环流和东亚季风的格局。此后国内外就形成了"青藏高原气象学"的研究热潮,并推广到研究落基山脉和高原的影响,而形成"高原气象学"。而先生则是所有方面的主要研究者,例如他和合作者发现青藏高原使西风急流分支而在下游集中加强,指出高原影响东亚季风的格局及年际变化;发现青藏高原西、中、东各有一个对流圈,且引起下游的遥相关系统等等。1979 年先生与高由禧合作的专著《青藏高原气象学》对此作了系统的总结。

## (四)全球气候和环境变化

早在 20 世纪 70 年代末 80 年代初,先生注意到国际上十分关注的全球变化问题,随即开展研究,提出了著名的"陆面记忆"新概念。同时也是国际上全球变化研究领域最早的发起人之一,积极参与 IGBP 的建立和规划工作,并在 80 年代初期和高由禧先生一起倡议筹划了在我国开展的与此有关的重大科学试验——黑河试验(HEIFE)。

由于在叶笃正先生倡导下中国对全球变化研究的贡献,START 国际组织于 1995 年在东亚筹建了"东亚全球变化区域委员会",并由此成立

"全球变化东亚区域研究中心"，设于中国科学院；并且与全球变化等有关的四大国际组织一致同意建立总部设于中国的季风亚洲区域集成研究计划（MARIS）。

先生高瞻远瞩地提出了对全球变化的适应问题，把它和可持续发展联系起来，并进一步提出"有序人类活动"的科学概念及其研究的理论框架。这些已成为该学科新的生长点，他带领我国学者开展了相关的观测试验和模拟研究，比国际上其他一些学者提出"人类圈"和"人类纪"等概念要早而且具体。2007年，叶笃正先生及其同事符淙斌等给中央领导建议开展适应气候变化问题研究，得到时任中共中央总书记胡锦涛和总理温家宝的批示。

先生不仅在科学研究方面硕果累累，并在领导组织科研工作与人才培养方面作出巨大贡献，先生还十分重视和参与实际业务工作和科学出版工作等。

先生本人和大气所都参与了我国军民的气象业务服务保障工作。例如，先生在1964年参加我国两弹试验的气象保障工作，并荣立二等功。先生对中国气象局的业务和各大学的气象教育也倾注了大量心血。

先生把刊物出版作为学术交流、传播先进和培养人才创新的基地。先生曾任《中国科学》和《科学通报》主编多年，并担任全国自然科学名词审定委员会副主任，都作出了巨大贡献。

先生以他卓越的成就和杰出的贡献，获得国际国内的高度评价和很高的荣誉。除上面提到的一些奖项外，先生还是我国最高科学技术奖、何梁何利科学成就奖和世界气象组织最高奖的获得者，芬兰科学院外籍院士，美国气象学会和英国皇家气象学会荣誉会员，是2006年度"感动中国"十大人物之一。

先生的学术思想、为学之道和人品，深深影响着我们以及后代的学人。其精髓就是将普适性的科学理论和有具体特色的问题紧密联系起来，既掌握科学真理，又为国家和人民利益服务。先生和谢义炳教授等在20世纪50年代初就一起倡导要形成东亚或中国的气象学派，使先生所倡导的学术思想能在中国大地蔚然成风，独领世界气象风骚。先生努力践行，躬亲作出榜样，惭愧的是我们这一辈没能达到先生的期许，谨寄厚望于今天年轻的学人来实现先生的夙愿了。

**注**

本文是在中国气象学会组织的"叶笃正先生学术思想专题报告会"（2014年11月4日）上的一个报告。由中国气象学会组织编写好稿，我做了少量的修改，就由我在会上做报告。今我在标题中加上了（——缅怀恩师叶笃正院士）数字，编入本书。这个报告对叶笃正大师的生平、在大气科学和气象事业、科技编辑出版事业以及人才培养方面的杰出贡献，都做了很全面的讲述。下面只就叶先生对我的大恩来补充一些事例和表达我个人的情谊和感恩。

我班在大学二年级有"动力气象"一门课，主讲老师是叶先生，虽然他因为科学院工作忙，只讲了开头一个多月和最后一课，但讲得很好，思路很清楚，严谨又明白，同学们印象很深刻，使得我们能将动力学课和由谢义炳先生主讲的天气和大气环流分析预报课程联系起来，而且很有兴趣，进一步热爱气象专业，为中国气象事业的发展打好基础。

大学毕业了，我1956年通过选拔考试留学苏联当研究生，要选单位和导师，于是先后走访了谢先生、叶先生和顾震潮先生等名师，征询意见，他们的意见几乎完全相同，就是要深入学习苏联列宁格勒-莫斯科学派的动力学理论，争取选其领袖之一的基别尔院士作导师，如此，则可与他们学成的北欧-美国芝加哥学派的理论方法，互相融合，取长补短，并结合中国的实际及已有的竺可桢、赵九章、涂长望、卢鋈和李宪之等老前辈的成果，将来形成以解决中国-东亚-中低纬地带的气象为主，并扩大到全球问题和气象科学的基本核心问题的东亚（或中国）学派。这坚定了我的信心，鼓励了我们这一辈的志向。

  1961年我研究生毕业后回国，志愿是到中国科学院地球物理和气象研究所工作，主攻大气动力学和数值天气预报理论。赵九章所长和叶先生等早就注意到我们留苏学习的情况，此际十分支持，想方设法完成了我的志愿。到所后，又给我很大的关怀照顾，具体到生活和工作条件的细节上。例如，本来新到所的同志办公室安排在楼里第四层，那里比较通风寒冷，叶先生特别招呼我搬到他所在的三层办公室中，这就使我工作时得到暖和，但使本来是他一人的办公室变成拥挤不堪的四个人办公室。不过这样一来，也使我们四人可以方便地讨论、交流，促进了研究工作的进展，使我得以将叶先生的地转适应过程理论推广到非线性情况、斜压大气和球面问题等，并深入考虑叶先生的槽线方程和频散理论，后来（1982年在GFDL）又推广为三维斜压大气的波包结构和随时间的演变动力学理论，等等。

  1966年初，从原来的研究所独立出来一个新所——大气物理研究所，我就跟着叶先生等到这个新所来了。我在数值天气预报理论和气象卫星的遥感理论做了一点工作，叶先生很高兴，并告知1973年从美国回国访问的张捷迁先生，张先生又告知中国科学院领导，得到院部的重视。随着形势的发展，1978年春，"科学的春天"来了，科学院有越级提拔之举，候选人要到院部答辩，叶先生就代表研究所将我推荐上去，结果我就被越级提拔为研究员。国家还出台了给中年知识分子以"特殊津贴"之举，叶先生又代表所里把我报上去了，结果我成为获"特殊津贴"者，从此大大改变了我的命运。叶恩师的大恩大德，永世不忘。

叶先生在美国有广泛的学者朋友根基，1978年，他和谢先生等一起组团到美国访问和学术交流，恢复并活跃了中美气象学界的交流。1981年叶先生又推荐我作为高级访问学者到GFDL（地球流体力学研究室）工作一年，这对我非常重要，使我在彼完成了动力学中波包动力学理论研究和数值预告及数值模拟研究中的"完全能量守恒"差分格式工作（但在美只作了学术报告，回国后再应用到做大气环流数值模拟成功后才成文发表）；还得以全面了解了后芝加哥学派时代的欧美主要成就，结交了美国和全球的一些著名学者，宣传了我国的学术研究成果。

叶先生1978年起担任大气物理所所长，按赵九章前所长"要数理化和工程技术化"的思想办所，使研究所有了很大的发展。1984年叶先生任期满，参考民主测评，他向院部推荐我作为新所长候选人，院里通过，于是就让我接班。可是我毫无经验，此前也从未想过要搞科研组织领导工作，心里很惶恐。因为经过竺可桢、赵九章、顾震潮和叶笃正这些鼎鼎大名的大师经营，大气物理研究所从其前身至此，已是在中国甚至世界负有盛名的了，如一旦有闪失，我个人事小，但何以对所里同仁所望？又何以对老前辈们努力开天辟地的艰辛？于是所领导班子齐心学习并调研了约三个月，认识到一定要按"数理化、工程技术化"的指导方针，加强叶先生任内发展的新方向，并考虑国家的新需求，制定了办所方针的十四点意见,得到叶先生、陶诗言先生的大力支持,得以通过和执行。我所得以继续发展,叶、陶两先生也在他们自己所主导的全球变化、气候预测等新方向上,更是有巨大的贡献。1993年我当所长任期届满,我得以全身而退。

# 叶笃正先生的生平与学术思想介绍——缅怀恩师叶笃正院士

叶笃正先生
（1916年2月21—2013年10月16日）

1985年刚从大气所所长和科学院副院长退下不久的叶笃正院士（左二）会同当时的大气所所长曾庆存院士（左一）和刚上任的主管地学部科学院副院长孙鸿烈（左三）考察大气海洋联合考察项目。 照片摄于广州附近的码头上停泊的中国南海研究所的小驳船上的休息室。

1985年出差广州，叶笃正院士（左）与曾庆存（右）在小驳船上讨论工作

1990年10月在大气物理所大气边界层观测铁塔前合影
叶笃正院士（右三）、陶诗言院士（右二）和所长曾庆存（左三）等与来访的意大利世界实验室
主任A.Zichichi教授（前排中）

纪念故乡诸革命老前辈

少小在家乡,一则专心上学读书,二则埋头做力所能及的农业劳动,与社会几无任何接触,不知世事。1949年10月,阳江解放。此后,拥军拥政、民主改革、抗美援朝,轰轰烈烈。我们中学生们,学习政治,关心时事,做宣传工作也很积极,朝气蓬勃,热血沸腾(参见本书的《忆故乡母校的师友们》一篇),但并不知道县里政府各级领导同志的姓名,更无接触。1952年一上北京后,几乎未回过故乡。直到1983年初阳江县委并县人大和政协联合署名,盛情邀请我等在外工作的人回乡恳谈,以便集思广益,为家乡建设和发展出谋划策贡献力量,这使我深深感动。2月初成行,县政协领导雷启光同志派车并亲自到广州迎接我这个后生小子,到阳江后安排我住在县城唯一的县政府招待所里。接着就是热情而又恳切的招待、座谈、参观访问等等。得以见到和结识县委县政府和人大、政协的领导人和各界父老乡亲代表,感与惭并。遂于离开阳江前一天即2月8日清晨早起,凝成《故乡行敬酬阳江父老、领导》诗四首,写好,准备次日让来送行的工作同志转呈有关领导。不意诗刚写成,老革命曾传荣同志（解放前阳江地下党成员，这时在县政协工作，还兼阳江县志办和党史办负责人）于当晚来访，于是就将诗交给他。曾老当晚即于灯下和诗，次日清早将和诗给我并亲自为我送行，我很是感动，过意不去。更想不到的是，刚成立不久的"漠江诗社"里诸革命老前辈们，如，何明同志（解放前阳江地下党负责人之一，时为县人大负责人），雷启光同志（新四军江南纵队的成员，时为县政协负责人）等，又都赓和起来，并结集出版了，后来也寄给我一本。从此我和漠江诗社诸革命老前辈就建立了深厚的情谊。很敬佩革命老前辈的不顾个人安危，出生入死，为革命为人民的品德和平易近人的处世风格。我们也成为诗词之友，互有酬唱。他们把漠江诗社每期寄给我，也发表我写的一些诗。曾传荣、何明和雷家义等老同志还把自己的诗集寄给我。等到我的诗集（《华夏钟情》和《风雨晴明》）出版时，我拟将这些老革命同志的有关诗附录其中。可是，他们都已经不在人世了，欲寄无途，只能惆望南天一洒泪，很是遗憾。今谨将能找到的我和他们酬唱的一些诗作为本篇的附录一。何明同志还特意让我为他主编的新《阳江县志》（20世纪八九十年代完成）写序，我十分感动，故在附录诗中也提及之。此外，阳江市档案局最近将我赠曾传荣老前辈的诗原件及曾老诞辰100周年纪念会的贺信复印件传来给我，今作为附录二。

  这些革命老前辈还对我父亲敬重有加。1991年我父亲病重时，他们帮助联系住医院治疗，还多次到医院探望和慰问。此恩此德，此情此景，每一想起，使我的思潮久久不能平静。

2021年10月

# 附录一 与故乡革命老前辈的酬唱诗选

## A. 故乡行敬酬阳江父老、领导（1983年2月）

　　承蒙阳江县委、县政府、人大和政协诸领导同志盛情邀请回乡恳谈，拜会诸父老，见生产之发展，沐风俗之还淳，喜成绩之辉煌，欣前途之远大，感而成句，敬酬诸父老、领导，并呈漠江诗社社长曾传荣同志指正。漠阳后生曾庆存敬上，1983年2月8日。

一

年少离家未老回，故乡风土梦频催。
未酬壮志功劳少，愧饮阳江父老杯。

注

　　故乡梦魂牵绕，但因种种原因而到此始归。此次是应故乡政府邀请，回乡恳谈。县政协领导、革命老前辈雷启光同志亲自驱车到广州来接，县委、县政府、人大和政协诸领导刘华初、谭国侃、何明、雷启光、曾传荣等同志接见、恳谈、赐宴，更陪同拜会诸父老、座谈和参访海陵岛等地。甚感领导、父老情深，甚愧对故乡毫无贡献。

## 二

龙虎山雄守海门,漠江水秀树栖鸾。
物华人杰时时在,应使家乡世共尊。

**注**

漠阳江入海处两边分别有龙山和虎山,所谓"龙虎守海口",胜地也。阳江水秀,梧桐鸾凤,英雄辈出,我辈应勤勉爱乡、努力奋斗。

## 三

冯冼英风历代传,海陵遗恨浪滔天。
英雄热血酬中国,后辈应需继哲贤。

**注**

冼夫人、冯盎将军维护祖国统一,建不朽功勋,人民敬仰思念。张世杰太傅尸漂海陵,因而葬于海陵岛上,复宋未成,英雄遗恨,至今海涛声不绝。我阳江人民应以身许国,继先贤之风。又:"传"、"天",阳江话韵同。

## 四

山河林海沃平原,党政军民共着鞭。
四化征途齐努力,文明经济谱新篇。

**注**

　　阳江依山面海，又有漠阳江冲积平原，宜农、宜林、宜盐、宜渔，且多矿产。少小离家时故乡未甚发达；此际归来，见各界努力奋进，搞经济建设，倡文化活动，甚为可喜。"四化"，就是：工业现代化，农业现代化，科技现代化和国防现代化，是中国人民在20世纪的奋斗目标，见周总理的政府工作报告。

**总注**

　　《华夏钟情》中在这四首诗下加有如下的一些附注：此四首诗本凭记忆录出。今忽在旧书稿堆中发现当年"漠江诗社"寄给我的"漠江诗社，第二期"，打字油印本，纸色黄蜡，极为珍贵。上面登有此四首诗，并有序。惊喜之余，即在本集将原序抄录补上。该"第二期"还刊有当年诸父老、领导的和诗，诸贤不居前辈之尊，而下和后生愚拙之作，感与惭并。今日见旧物而思其景其情，依然历历在目，长系于心。诸贤之作属其著作权范围，在未征得本人同意之前，在此不敢妄加转录，惟曾传荣、雷启光二老今已作古，为表后生对他们的纪念，谨敬录其诗如此。

## B. 曾传荣老前辈和诗

　　八日晚访庆存同志于旅舍，承赠《父老、领导》四绝，返家次韵于灯下，清晨持以送行。

一

　　　情深故里燕飞回，特慰家乡几度催。
　　　踏遍洲洋多卓识，归来老少乐干杯。

二

滔滔漠水赴津门，缅想当年起凤鸾。

千载风流人物在，古今忠国共荣尊。

三

英模事迹竟相传，矢志人民力转天。

喜见东风催四化，看君跃马越前贤。

四

科学诗人千里目，宏观世界入吟鞭。

五洲风物罗胸际，时发凌云壮丽篇。

## C. 雷启光老前辈的和诗和我的再和诗

### C1. 雷启光老前辈的和诗

曾庆存同志回乡讲学，赠阳江父老诗四首，谨依原韵奉和。（其四）

横戈跃马战中原，战士将军共着鞭。

愧我征途老伏枥，强随国士和新篇。

### C2. 敬酬雷启光同志和诗（1983年2月）

悲歌逐寇骋中原，投笔鼍江怒夺鞭。

百战功劳人不老，更从四化续豪篇。

**注**

雷启光同志，革命老前辈，早岁即献身革命事业，投笔从戎，参加新四军，驰骋中原，逐日寇，备极艰难，功劳卓著，然亦很坎坷。此次回故乡，蒙雷老亲自迎送，后生小子甚过意不去。返京不久，即收到故乡寄来《漠江诗社》（第二期），登有拙诗及诸贤赓和。愚不敏，且工作忙，不能悉重和诸贤之作，当时只敬和雷老和拙诗之其四，今录上。雷老原诗也敬录如上。又：漠阳江亦名鼍江，或谓鼍即鳄。若然，则古时岭南沿海及近海江河，东起潮州恶溪，皆多鳄鱼，非独泰缅也。

## D. 赠雷家义同志（有序）（1988年2月）

拜读雷家义同志《海声诗集》（已出版之诗集），中多激昂慷慨之篇，戊辰年（1988年）春节前夕，又蒙赐宴，席间复多壮语，感佩之余，成数句即席以赠。

雷鸣惊海起飞龙，家国春来唱大风。
义士志存光社稷，英雄胆识建奇功。

## E. 赠曾传荣前辈（有序）（1988年2月）

承蒙曾传荣同志（前为校长，今为阳江县志办公室、党史办公室负责人，兼漠江诗社社长）数度赠诗鼓励，当永作鞭策。今谨成数句回赠，以表学生景仰之忱。敬请校长及阳江县志办公室、阳江文史编辑室并漠江诗社诸贤斧正。阳江近年来文化振兴，颇有风采，校长及诸贤有力焉。时维戊辰年春日。革命多功更擅才，还将彩笔上兰台。

> 江山壮丽丹青绘，人物风流翰籍来。
> 即席雅诗随兴赋，浑成巨刃劈天开。
> 漠阳文化需培育，景仰先生着意栽。

## F. 挽曾传荣前辈（1993 年 2 月）

> 革命高才德，光辉照后人。
> 漠江诗社在，有口诵功勋。

**注**

赠和挽曾传荣老前辈的这二诗亦收入《华夏钟情》。本来这挽诗是连同唁电一起发到阳江的，但我今已找不到当年写的唁电文了，很遗憾。

## G. 戏为论书八绝句（2001 年）

代序（致雷家义同志的信）

**雷公：**

惠赠书法"龙飞"一册收到，观摩凝赏，爱不释手。您老的书法流畅清秀，自成一体，又是书家正宗笔法，在当今可谓上上乘之作，可佩可贺！

下面讲一点我的奇遇与一些无奈的感想，聊供您老一笑。去年为中国科学院建院五十周年，不知出自何人何种考虑，搞了一个"院士书画展"，要我参展。我于是把一些题字，再加上写了一两首诗奉上，展了出来。我本也无暇于书法，不知又被"人民画报社"猎奇去了，编入"中国翰墨名家"，真是受宠若惊。他们还要寄去照片，于是也照寄了。后来才悟得生财有道，编辑们是想借此钓那些"沽名者"的钱包,要收编辑费的。得到厚厚的一本印刷物,打开一看,原来各种奇异的字幅累累,而且每页要放入六个人的,密密麻麻,如填沙丁鱼罐头。只好苦笑,感慨系之。于是写了以下小诗数首,今呈上,亦供一笑而已。

敬祝

新年健康快乐!

庆存敬上
2001年10月18日

### 其一

画地摊沙为笔纸,家贫也学数春秋。

可堪会得刚柔意,只作沙丁填罐头。

### 其二

书界竟逞怪异风,死蛇烂草是英雄。

柳王地下应惭愧,何苦练成透背功。

**注** 柳、王即柳公权、王羲之,书法皆力透纸背。

### 其三

铁画银钩书圣法,颜筋柳骨继精神。

等而下之南宋后,圆滑虽超未失真。

**注**

　　从来评论书法多从写字之笔势与神力,所谓王羲之之铁画银钩,又所谓颜(鲁公)之筋和柳(公权)之骨。颜体已开字圆之先,然至宋末元初之赵孟頫始完成楷书之圆滑化,成为后来最常用之楷书体。不过赵体仍是甚有笔力者。

### 其四

书画同源信有因,源同流异乃区分。
画家未尽工书法,何况画中骨是君。

**注**

　　当今有人言:善画者必善书,鄙人不敢苟同。即使是画,也重笔力气势,如死蛇烂草般的画也不是好画。

### 其五

山登顶上自称峰,画法非奇笔却雄。
今日欲寻楷大字,首应推此寿星翁。

**注**

　　百岁寿星刘海粟之大楷字,多有刻石,笔力非凡。刘曾十上黄山写生,并用前人语"山登绝顶我为峰",高自标榜;他也是我国最早提倡裸体写生的画家,不过鄙人孤陋寡闻,未闻其画法有何种创新,尽管其画是上乘之作。

### 其六

将军运枪法入笔，不究文采有风骨。

书生何物乱涂鸦，污尽世间纸和墨。

**注**

不少老将军离休后写字，字虽粗犷，但颇有笔力，不比某些"书法家"作态，令人作呕。

### 其七

书家马背说舒同，颇得颜筋变体容。

电脑拆装日日印，纵无碑帖亦成风。

**注**

舒同被称为马背书法家，颇有气势，自成一体。今电脑用拆装术可随人所欲印出隶书、北碑体、赵体、康有为体、舒同体等，但未见有印出王羲之体等的。

### 其八

毁誉纷纷毛字体，匆匆窑马未为家。

渐趋晚节神来笔，入圣超凡不算夸。

**注**

　　毁誉者似亦多为其政治观点所影响，不单纯从艺术上论。从艺术上说，平心而论，毛主席晚年的草书，尤其是工馀闲草的古诗词，确是超群的，比之怀素之狂草，并不稍逊。

## H. 恭读何明老前辈寄赠《诗书集》

### 有感并酬寄（2003年）

革命功高不自居，离休风采璨诗词。
谦推后学为乡序，童子方惭不早知。

**注**

　　何明同志早年就参加革命，为中国共产党在阳江之地下组织负责人之一。余以前不知。又阳江县志要我写序，是何明同志主意，余以前亦未知。前辈功高谦逊如此，我等真真惭愧。何明同志今亦已作古了。故乡这些革命老前辈，对阳江劳苦功高，对我个人恩德和情谊深厚，永远缅怀。

**补注**

　　诗 D 和 E 亦载入《华夏钟情》，而寄给雷家义和何明二位老前辈的诗 G 和 H 及注则收入拙诗集《风雨晴明》中。

# 附录二　阳江市档案局文物二件（手迹和文字照片）

赠 曾传荣前辈

序　承蒙曾传荣同志（昔为校长，今为阳江县老大协会、党史办公室负责人，兼漠江诗社社长）多度赠诗鼓励，当永作鞭策。今谨成拙句回赠，以表学生景仰之忱。敬请校长暨漠江诗社诸贤斧正。阳江近年来文化振兴，颇有风采，校长及诸贤有力焉。时维戊辰年春日。

革命多功至擅才，还将彩笔上瑶台。
江山壮丽丹青绘，人物风流翰墨来。
即席雅诗随兴赋，浑成巨册势天开。
漠阳文化需培育，景仰先生着意栽。

　　　　　　　　　　　晚学
　　　　　　　　　曾东存敬献
　　　　　　　　一九八八年二月

# 曾庆存院士纪念曾传荣先生诞辰100周年从北京来信

**阳江市纪念曾传荣先生诞辰一百周年暨《阳江史事探究》首发式大会：**

喜闻曾传荣先生诞辰一百周年纪念暨《阳江史事探究》首发式大会即将举行，十分激动，谨致此信祝贺。

曾传荣先生致力于抗日救国活动，致力于阳江解放和建设事业，备历艰辛，功勋卓著，却绝不言功，绝不谋名利，淡泊宁静，和霭可亲，是一个真正道德高尚、真正纯粹的人，尤其是他一生献身教育事业，退休后又致力于党史和地方史的研究和编写，倡导组织漠江诗社，致力于阳江道德和文化建设等，使继承优秀传统和革命精神与现代建设和发展相结合，孜孜不倦，硕果累累，其贡献实是座座丰碑，今故乡阳江人民纪念他百岁诞辰，并结集出版其遗著《阳江史事探究》实是阳江历史上一件大好事，功德无量，影响深远。

就以《阳江史事探究》来说，它充分说明曾传荣先生是学问渊博的百科全书式的大学者、硕儒。此书值得广为传播，阳江人个个阅读，值得岭南人品读，值得全国搞历史和民族史以及党史研究者一读，知我人民筚路蓝缕，团结合力，艰苦奋斗的历史，爱我江山的人民，珍惜今天成就之不易，为中华振兴而努力前进。

曾传荣先生一生勤劳奋斗不懈，其弥留时的临终诗的情怀，感人至深，实可以与李白的"临路歌"和陆游的"示儿"相并列，成为三绝，并传不朽。

故乡人民会永远记住和纪念曾传荣这位道德高尚的大学者。

曾庆存
2014年3月25日于北京

# 忆故乡母校的师友们

阳江一中校友会来电话说要编校友忆念母校文章的续集，我当然很高兴，可又说要我"也来一篇"，怎么办呢？确实，我在母校阳江中学（即今阳江一中）读书五年半（一九四七年九月至一九五二年一月），二月至七月被合并到省校两阳中学毕业。在中学读书时期是对我此后的成长和生涯有决定性意义的一个阶段，我深深地受惠于母校，受惠于老师们和同学们的关爱和情谊。可是当时我没有"风华正茂"的气魄，而是少不更事，蒙头蒙脑的，受人之惠者多，贡献给大家者甚少，现在想来觉得很惭愧。我就写一点给我印象最深、可能也是对我影响最大的关于我班的老师和同学的事吧，行文当中，作为一个受惠者的我自然也包括在内。如我的记忆有误，请知情的同学不吝更正之。

在母校里，直接或间接教过我所在班的老师绝大部分都有很好的敬业精神，教书育人，尽心尽力。老师性格不同，教法也各有特色，甚至不是常规的而是别出心裁的，但大都能引导学生做人做学问、长知识之道，效果很好。不少还能留心于细微，或发现幼苗而精心呵护，因材施教，个别培养；或发现不良的苗头而诱之上正道，不严斥，而是规劝和扶助。其中使我印象最深、对我影响最大的要说叶观曦恩师和冯思伟恩师。

叶观曦老师是我班高三时的班主任，兼教我班历史课。当时我班没有女生，同学们住在一间大宿舍里，叶老师则住在我们旁边的小房间里，房很小，只容一床一桌一凳。不管课上课外，白天晚上，叶老师都和我们在一起。他和蔼可亲，也带一点尊师的严肃性。他发现我班同学学习比较认真，成绩也好，我现在想，他自然是很高兴的，只不过藏而不露。不知道叶老师怎么注意上我了，也许因我年纪小、个子小、赤脚、守纪律、学习不错，但很幼稚单纯，可塑性大。期中考试后，一天晚上，叶老师叫我一人到他宿舍去，要我代他阅所有同学的考卷，如某卷某题有错，错在哪里；或某卷某题答得特别好以及有自己的发挥等，都要一一告诉他，由他再复核，然后给分。我认真地做了，如实说了，他很高兴。现在想来，并不是他要我帮忙，其实那样做反倒使他更忙，他可能是在抓一个开头机会来诱导我。后来就又几次单独叫我到他宿舍去，毫无拘束地和我谈各种问题。一次，叶老师特别问到，我班有七八个同学文科、理科各门功课成绩都很高，和过去中学即已分文、理科的情况很不同，是什么道理。我想了想，说是学习本是融会贯通的，大方面没有不同，各课只有具体内容的差别，是可以贯通的。叶老师很欣赏，其实他自己早就明了，只是启发我，由我通过自己的思考说出。记得后来叶老师还在班上讲过融会贯通问题。又有一次，叶老师还问我，为什么很少参加社会活动，不像哥哥（也在我班）那样积极，我如实说明：因为哥哥参加县学联会的工作，非常忙碌，只能由我课余回家帮助父母种田；另外，我自己好静，对热烈的政治活动也不大习惯。叶老师听后，一方面很同情，另一方面又开导我，要爱国家、要关心政治，"天下兴亡，匹夫有责"，何况是国家培育的学子，现在新中国成立，民族振兴，抗美援朝，抵御强敌，正需要学子们振奋努力，培养自己能力，以便为国效劳。还希望我靠近党团组织，要求进步。此后，虽然社会政治活动逐渐少了，我也因胆小而未接近组织，不过对政治、时事就比较用心学习了，也萌发了向团员学习的念头。期末写了一篇关于思想方面的小结（记不得是否每个同学都写和是否上交），谈到这方面内容。此小结后来被和我一同考上北京大学物理系而在广州一齐等候入学的别县老大哥发现，他是团员，负责考生工作的，他继续启发鼓励我进步、争取入团。还有许多事情，叶老师都是体察入微，对我悉心呵护，多方引导，微言大义，"润物细无声"。这些事我至今大都印象深刻。

叶观曦恩师是位"循循然善诱人"的夫子。冯思伟恩师则是另一种典型，是一位"望之严然，即之也温，闻其言也厉"的学者严师。他不苟言辞，有时甚至很严厉，使人敬畏，似难接近，但一亲近，却是很温和的，如沐春风。冯老师从我们高中二年级起就给我们教课，时间最长，教的课也最多，大代数、解析几何、物理，都是冯老师教的，而且高三时都有这三门课。他讲课严肃，简洁，没有废话，大家要很用心地听。记得还在高二时一次代数期中考试，四道题，我们七八个同学都认为全做对了，不料我们都只得了 75 分，一题判为错。我站起来问老师，错在哪里？冯老师说，该题前半是你们的猜想，然后由这猜想再继续作说明，而得到答案，答案虽然对，但那不是数学证明，正确的应该是自始至终都依照严格严密的逻辑推理的方法。然后在黑板上一步步示范演算。过去凭着自己还有的一点点聪明，数学上总得高分，好像也没有碰到为难的时候，就养成了马虎不求严谨的习惯。自此才知道什么才是科学治学之道。又有一次，是物理中考，也是四题，其中一题是：有两个同心球，两球壳中间充一种填料，填料密度、内球半径和两球半径之差是已知的，问填料总质量是多少，这本是习题中就有的，做过，大家用的计算方法是将两球半径取平均，得一辅助球面，算其面积，乘上半径差，再乘密度，便得所求答案。这次冯老师判我们得 90 分，并指出这题的做法不严格。他说，既然已知两球的半径，就可利用球体积公式求出各球的体积，二者之差就是两球壳间的体积，再乘上密度，就对了。不过，同学们的做法也有可取之处，是近似方法，你们悟得了微积分的道理，物理上也可以用近似，还是应该给一些分。此后我们的数学考试大都得满分。但物理课不然，本来他先判我期末考试的考分为全班最高，得满分，后来改为 98 分，这是考试几天后我们到他宿舍时他讲的。他还说数学有严格逻辑标准，可以得满分；但物理是对自然物的认识，不可能全部描述，没有十全十美的，不应该有满分。这些话虽然缘事而发，似不经意，而他学者的思维本来就早已如此，可是对我是非常重要的启蒙，即知数学物理等都必须严密推理，两者又有区别。冯老师虽然严厉，但对我班同学的数学和物理的好成绩很满意，曾说，他教过的班不少，只有以前某班可以和我班相比。自然，我们也就和老师逐渐一步步地亲近起来，敢于到他宿舍去。好在是数学和物理都是由冯老师教的，培养了我们严密思维和灵活看实际的能力，使我受益无穷。后来，得知国家号召我们考大学，我也就初生牛犊不怕虎，不知天高地厚，竟敢报考的第一志愿是北京大学物理系，而且居然考取了。也正是依靠两位恩师启发教导我的两条：融会贯通、严密推理，在强手如林的北大和后来出国留学和讲学中，我这个从小地方出来的也并不稍逊，这或许可以告慰于恩师、母校和故乡父老的。

至于我班同学，真是弦歌一堂，团结友爱，互助互励，既亲密活泼，又严肃认真。在高中阶段，在全校中我班算不上很先进的。最先进的也许是低我们一班（春季）的，即苏少泉同学、梁树屏同学他们那班。不过，我班也算积极、实在，努力发展德、智、体。好像我班只有罗运铢同学和陈一鸣同学两个是青年团员，我哥哥曾庆丰在县学联会工作，在他们带动下，班里同学的进步气氛是浓厚的，学习和工作是积极的。县里、校里的每次活动，包括文艺演出等，都要布置会场，相当多的都是由我哥和周合燊哥干的，大字标语用仿宋体美术字，多为他俩所写，图画则由周合燊同学包办。有时忙不过来，就到班里搬援兵，大家也十分高兴参与，一来见世面、长见识，二来还有饭吃。我也帮过写美术字，吃了几顿饭，很高兴。

新中国成立后，一片新兴气象，新政治、新组织、新概念、新文化、新艺术、新体育，样样新鲜。我班同学都比较有兴趣学习和参与。记得政治课外学习，全班分为数小组，我所在的那个小组在北山劳动完后坐在瑞禾石下的大块横石上，不知由谁发问：物质是第一性的还是精神是第一性的。全组展开辩论，分为两派，其中只有司徒恺同学和我坚持物质是第一性的，其他大个子同学似乎是作对似的，坚持精神是第一性的，争论十分热烈，下午未完，晚上还坐床继续争论。我比较木讷，说话不多，只说过：身体是物质，没有身体哪里有精神；还引用校门内侧上"实事求是"四字，说实事是物质，求是是精神，物质为先。没有更多的说服力强的事例。司徒恺同学能说出很多。到后来，对立一方的一个大个子同学笑着说，人如没有精神，把饭摆在你前面也不知道吃。这一下使我朦胧地似有所觉，对方不是不知道物质的第一性，而是故意设问驳难，好像当今流行的模拟式辩论方法。过后，老师正式判定：物质是第一性的。这是我就唯物论和唯心论问题的第一次哲学学习，不是老师而是同学间通过辩论教我的。似乎以后我对哲学学习有了些兴趣，罗运铢同学（当时不在我所在的那个小组）后来还特意将他学过的一本关于自然辩证法的小册子送给我。同学之间的研讨、辩论，是很重要的，既可作课堂学习的补充，又更生动活泼、促进思考，我得益于此匪浅。

## 注

本文原载于《攀上珠峰踏北边》（吴国良、刘天民、罗明远编注，中国科学技术出版社，2005年）。并加有如下编者注：本文是2002年曾庆存应其母校阳江一中校友会之约为校友忆母校的续集而写的，但该续集至今尚未问世（第一集叫"世纪相思"，2000年，新华出版社），这里是按手稿排印的。在本文中，他以鲜明生动的例子说明求知识做学问中"融会贯通，严密推理"的重要性，还生动活泼地讲述了师生和同学间的情谊所营造的融合环境及其对人才成长的重要性。曾庆存在多篇文章和讲话中说，他很有幸有好的双亲和家庭亲人，在读书和工作中，无论在小学（见"华夏钟情"的附录）、中学（本文）、大学（见"沉痛悼念恩师谢义炳院士"等）、研究生和工作与讲学时期都有很多好的老师、同学、同事和朋友（见本编的"笔答《中国气象报》社记者冉瑞奎问"一文），使他得以成长和有所成就。至于他自己，也认真努力实践继承这优良的传统，薪火相传，教育青年。他是很为大家所尊敬和亲近的。有不少人戏称他为"夫子"、"圣者"，虽是戏称，可是不带有任何滑稽之调，而是含有几分敬意的。

## 补注

母校（阳江一中）成立 100 周年（2009 年）时《阳江日报》登出此文，标题是"忆师友"。今改为"忆故乡母校的师友们"，因为这讲的是故乡母校教过我的老师和同班同学，以叶观曦和冯思伟两位老师为典型，同学以罗运铢和司徒恺等为例，他们都是我的恩人，今都已作古，思之凄绝。关于同学事，本书另有一文（即第十二篇）。

今再补上在故乡小学（阳江县城镇中心小学及其前身南恩小学）的老师们。首先要提起我的大恩人，即校长陈炳需先生和他的妹妹陈淑贞老师。一次偶然的机会我父亲进入学校收买肥料，巧遇陈校长。他见我父亲虽是农夫的衣着和赤脚，但举止较文雅，便和我父亲倾谈起来，问有无孩子上学，得知我哥哥正值学龄，就指点我父亲应将孩子送到城里小学上学。当然我哥是经过考试录取的，我则一开始是由我哥带着来旁听（也可称作伴读）的。我兄弟俩读小学五年半。刚进入小学一个月后，日本侵略军突然侵入阳江城，造成阳江"三三事变"惨案（1941 年 3 月 3 日）；四年级下学期临近期考，在东南亚和在中国的部分日本侵略军由西南方向陆续撤向广州，途经阳江，大肆烧杀破坏，即阳江"六六事变"（1945 年 7 月即农历 6 月）。几近一个月后日本投降。从 1941 年初起到"六六事变"，在这四年半时间里，阳江时局都很吃紧，天天都得提防日本的水上飞机飞来轰炸，或日本兵从海上登陆侵犯。在漠阳江口的山上就特别有哨站监视近海日本飞机是否起飞，一看到即发警报，让城中人们疏散。我的母校在城南，隔一个田垌，用不到半小时即可由学校疏散跑到我家乡玉沙村。小学初小（第一至第四年为初小，第五至第六年为高小）期间，我们的班主任大多是由广州等较发达城市向大西南撤退路上经过我县暂留的，大多只停半年即一个学期。他们的或其亲属的孩子也就暂读于此，有不少与我同班或同级，常在一起，包括陈淑贞老师亲属的孩子。一发警报他们常逃到我家，有时连老师也一起来，很亲近。老师们素质很高，教学很认真，很爱学生。本书第一篇已载有陈淑贞老师的事迹。她走后，我确实难过了好几天，至今形象犹存。

陈炳霈校长和其公子陈一鸣也常到我家。一鸣和我兄弟两人同班，很要好。他们在1943年即已离开县城，陈校长还让一鸣和我们通信。待至抗日战争胜利后，1946年陈校长和一鸣又回到阳江城。陈校长是阳江有名的教育家，他一回来即在阳江城创办私立宏中中学，地址在莫屋祠堂等处，离玉沙村也很近。这样，又续写了校长和农夫（我父亲）的友谊，以及一鸣和我兄弟的同窗好友之情谊。陈校长想在阳江试种外国的农作物，曾几次买得欧洲的蔬菜种子等，并租到一块农地让我父亲试种，而他自然也可尝到这些新食品。例如欧洲的番茄种子，按中译的说明书介绍其性状和播种种植季节是在夏初，但我父亲却觉得，按其性状似乎在阳江应在冬季种植为宜，因阳江夏季湿热，恐番茄不耐。与校长商量，校长同意先做这样的试验，第一年果然成功了，大家尝到了新鲜的新品种果蔬。第二年扩大了种植，长势甚好，果实硕大累累，未等成熟，宏中学生们知道是校长的，一群群、一队队接踵来看；一人唱，百人和，要尝新，一下子吃完了全垅田的番茄。农夫无奈，而校长反觉得很好，这样反倒使学生们亲近了农民，接触了农事。校长的确是一个很开明很好的教育家！我父亲也受此启发，觉得老祖宗传下来的耕作法也应该是可以改良和更新的，应该做些试验，这就使得他后来又改进了自己的冬季犁田晒霜法并被村里人们大量推广了；他也做了一些近似于农业科学的选种育种法，选育出一些适合于当地的好的稻种和菜种。

高中阶段，一鸣和我兄弟俩同在一个班，后来和我一同考上北京大学，他读的是西语系。他和我两兄弟都是我班考上北京的大学的七个人之一。他和我至今都是互通信息的好友。

阳江中学（即今一中）和两阳中学应届高中毕业生考上北京高等学校的七人在天安门旁边的中山公园的合照（1953年2月）。从左到右依次为黄白云（清华大学电机系），曾庆存（北京大学物理系），曾庆丰和何炳骏（北京地质学院，新成立，即原北大和清华的地质系合并而独立出来），关崇就（北京工学院，由北京大学工学院独立出来），陈一鸣（北京大学西语系），陈书鑫（北京建筑学院，新成立，由清华大学建筑系分出）。此七人都是1949年秋考入阳江中学高中（今称阳江一中1952级）而于1952年春合并到广东两阳中学高中毕业。

曾庆存（前排右三）和阳江部分考生在广州投考大学考试后合影（1952年夏）。
前排（左起）：2苏增棣、4黄白云、5曾庆存，第二排（左起）：2关崇就，
第三排（左起）：5曾庆丰、6司徒恺

悼罗运铢同志

罗运铢同志和我同年生，稍长于我，阅历和知识比我丰富得多，对我亲切关怀，给我帮助很大，是我的兄长之辈。他身体健康，绝少到医院看病，豁达乐观，自许可以"长命百岁"。谁料竟于2015年元旦到春节之间辞世，噩耗传来，不胜悲痛。于除夕之夜，独对寒灯，回想往昔，我们虽各处天南地北，每年此夕，必煲电话粥。回忆几十年的友情，不觉黯然神伤，潸然泪下，凝结数句：

### 遥吊罗运铢哥

过年电话每煲粥，煲粥今年无故人。

怅望南天一洒泪，九霄何处觅英魂。

我们从少年时起就开始交往，计有七十多年，亲密无间。记得从1942年起，我们一同就读阳江县城南恩小学（即今江城镇第一小学），在甘泉庵，同在三年级，但不同班，且时间很短，很快他就跟着他的父亲到阳春去了。似乎他曾经历过日本帝国主义侵略我国时突入阳江的"三三事变"的惨剧；但不像我那样，他躲过了日本强盗以摧毁中国文化教育为目的的轰炸我县中学、小学的险情和惨景，以及日本侵略军从东南亚败退途经我县时末日的疯狂毁夺（即"六六事变"）。当时我在逃难中无法得知，而他却在阳春的交通要地——春湾，亲身享受到庆祝日本投降的喜悦——人们狂欢着，用土枪土炮（即炮仗"双响"）对着笔直的孤峰"烧天蜡烛"（今"通天蜡烛"）大放礼炮。

1946年夏，运铢、我胞兄庆丰和我不约而同从小学未毕业即跳考阳江县立中学（今阳江一中），都考上了，运铢在榜首（状元）。运铢和庆丰分在甲班，我分在乙班。不过，不分甲乙，我们都是班中年纪最小的几个"细仔"，很合得来，几乎天天课余就活动嬉戏在一起，亲密无间，结成深厚的友谊。这几个"细仔"后来长大成人，成为莫逆之交，亲密无间。尤其难得的是，不论当时各人家境和社会关系如何，不论后来各人所从事的工作如何，也不论各在天南地北，都怀着为国为民的志向，都有着一颗炽热的心，奋发有为，兢兢业业地工作，为国为民为家乡为父老作出了应有的贡献，无愧于母校和老师们的培养及同学间的互助。

1949年夏，我们三人又都报考了阳江县中和广东两阳中学这二校的高中，发榜时都列于前十名，不过我们都眷恋母校，入读阳江县中（当时又简称"江中"），运铢分在甲班，我们兄弟俩分在乙班。很快就迎来了阳江解放，前一天学校就宣布让同学们离校回家去，第二天就传来从东面由远而近的枪声。入夜望见全县城电灯突然通明——人民热烈欢迎解放军入城。过了不久，又见漠阳江西边出现了团团熊熊的烈火并听得隐隐约约的炮声——后来才知道那是有名的"平岗歼灭战"，围歼了大批国民党过阳江要继续南逃的败军。

新中国成立稍早于广州和阳江解放，不过我毫不知情，而运铢等进步同学是先知先觉的，他们积极筹备着庆祝阳江解放和拥军支前工作。一解放，运铢便被发展为阳江县中第一批新民主主义青年团（今共青团）团员，活跃于拥军拥政、支前和社会宣传活动，他们也带动了我哥参加，成为县学联会秘书，忙得不亦乐乎。实在忙不过来，就到我班搬救兵（当时因有大量同学参军参干去了，甲乙两班剩下的人就合并为一个班了），这样我和另外的同学也有些机会参加活动，我们高兴极了。不过我主要的还是课时上课，课后赶回家帮助双亲一起耕作。深刻难忘的是有一次政治学习，同学们围坐辩论物质和精神的关系问题，懵懂播下了唯物论哲学的种子。运铢还特地送给我一本他学过的关于自然唯物论和辩证法的小册子，此书后来对我帮助很大。还有就是由于万象更新，新气象、新事物、新文化、新思想的出现，和新制度的推行普及，样样新鲜，也带动起全新的一代朝气蓬勃的青年成长。当时"新文新艺"、"劳动与卫国制"（简称"劳卫制"）深入到教程当中，我于是也学会了新式跳高方法、撑竿跳、障碍跑等。1952年春，我们班同学又一起并入省校——广东省两阳中学，于是初中时的那群"细仔"又都重聚在一起了。运铢负责全校的时事学习，中午圈好要读报的题目，下午由我等到低年级班次给同学读报，这也甚有助于我们养成读报、关心和分析国际形势和国家大事的习惯。

1952年夏，国家为了准备开始大规模经济建设所需的科技人才，号召我们报考大学。那时高中毕业生不很多，几乎每个报考者都能考入大学，还要加上工农促成中学的学生。报考大学前后的这一时段，对我们是异常兴奋激动和难忘的，可是对运铢来说，却是极其痛苦难熬和难忘的。先是，运铢作为县里的学生干部之一和班长郑应洽（初中时那群"细仔"之一）等班干部一起到县政府机关联系，争取到一辆大卡车，搭载同学们上广州考学。可是当上车时却不见运铢身影。原来在出发前夕组织找他谈话，要他留校作政治辅导员，不管愿意和不愿意，他完全服从了组织的决定。他本来想考清华大学，按他的学习成绩，考上也是绝对不成问题的，他甜蜜的清华梦不能如愿。我们考完试，在广州等候发榜时，忽一日收到他寄来的一封信，才知端的，信中说"校园和教室及宿舍都空荡荡的，没有人声人影，树上瓦上，楼道窗前，到处都是麻雀仔，只有麻雀仔"，其寂寥难堪可知。但他忍受下来了，经过作中学政治辅导员的短期培训，即走上工作岗位。我们呢？只想飞得越远越好，我哥考上了北京地质学院（那时找矿是最重要最急迫的任务，需要大批的地质勘探人才，纵使艰苦，但任务光荣，考生们都踊跃报考），我则考上北京大学物理系。那年阳江人考上北京读大学的共七人，都来自我班，其中五名是初中时那班"细仔"。我们约好同到天安门拍张照片寄回给同学们以共享兴奋喜悦，运铢当然也得到一张，但我们也没想到他情何以堪——本来他这个"细仔"也是完全应该和老友记的"细仔"们一起站在天安门前拍照的呀！可是他服从了组织决定，放弃了自己的清华梦，留在偏远家乡山区和麻雀仔以及求知欲旺盛的少年学生做伴。大约在本世纪初，我们相逢，他偶然谈及了这段经历，既安于本分，又无可奈何，无限感慨。我心血来潮，似慰似怜地送他一首诗，前四句是"梦断清华不觉痴，寂寥只有雀儿知，服从组织为师表，披卷平生嗜读书"。确实的，在我们那个时代，人人都只讲奉献，只要为了国家的需要，个人的一切都可放弃，甚至牺牲，运铢同志就是一个典型人物。我们这些人能读上大学，后来能作为"高级知识分子"和过着今天的幸福生活，尤其是和比我们年轻的一代代人一样的幸福，何尝不是基于一代代比他们年长的人和大批"安分"的"痴人"的奉献之上！应该谨记不能忘却这段历史，"忘记历史就是背叛"，这话是很有道理的。上述诗的最后一句，是说运铢后来以及到其临终前的事实。

运铢一生嗜好读书，好学强记，无论古今哲学、文史地、政治、经济、地方志乃至旧报纸和杂志以及已出版的私人著的笔记、回忆录，自然科学各科的高级科普读物，他无不浏览，无不过目不忘。他甚至专门走访出版社，以便求购得他需要的各种孤本、善本和未正式公开发行的材料。他留下的"书屋"藏书之丰，我见到后真是佩服不已、感叹不止。

我哥和我大学毕业后都通过考试派赴苏联留学，而运铢则从中学辅导员调派到华南师范学院学习，而后分配到当时的广东教育学院做教师。在大学和我们留苏期间，运铢哥和我胞兄书信往来不断，从他们的通信中我也就得知运铢哥的许多消息。最让我永远不会忘记的一幕，是1957年夏我赴苏留学前夕，利用助学金和学生半价买到火车票，离家五年后第一次回阳江探望双亲，到广州后会见运铢哥和李燊芳姐（他们后来成为伉俪），他们俩居然陪同我一同先回阳江，然后再继续往湛江探望运铢双亲。到阳江车站后，在暮色苍茫之际，寻到我父母家，可是我家无可供客人过夜的闲房，只好将他们二人带到柴草间住（我也陪同），这岂是待客之道？当时我并不觉得不好意思，因为家境就是这般条件，但运铢哥毫不介意，很愉快地就这样过了一夜。第二天清早，也没有准备早粥给他们吃，就匆匆送他们到车站去赶车。虽时过境迁，后来我每一回忆起来，惭愧无地。运铢哥于我的友谊是多么纯真！

我留苏回国后，1964年因病南归，我爱人卢佩生陪我到江门我岳父母家疗养半年，途经广州，先住运铢、燊芳夫妇他们的宿舍，吃他们的，极欢乐地度过了几天。到江门后，我一边治疗，一边休养、锻炼身体，闲时也读点书、推些公式。忽然一天，运铢借出差之便，过江门，寻到我住处探望我，畅谈了半天，从中学教育到大学教育和搞科研方法，到中西结合和古为今用的哲学问题，到哲学与自然科学结合，到考古新发现和新披露的近现代史的片段，滔滔不绝，可见他是百科全书式的学者——尽管没有戴上这顶桂冠，我自愧不如。可惜日晷游移，暮色笼罩，只好作罢。

此后，全国掀起农村社会主义教育运动（即"四清"运动），还有知识分子下乡"三同"劳动锻炼等。自然，运铢及我哥和我也在不同地方参与这些运动，受到再教育。我们确实也得到了革命的洗礼和教育，可是我哥和我夫妇时运不济，命途多舛。我哥连续参加两年多的"四清"和劳动锻炼，在地方上染了瘟疫，1966年夏重病回京；而我夫妻也因生病等原因，天各一方，唯托平安于星星月亮。运铢呢？则下放基层工作，辗转在林场、茶场和各样工地劳动锻炼。这段时间，没有任何联系，只是心心相印而已。实际的甜酸苦辣和奇遇都是后来相逢而得知的。

春雷霹雳一声平地起，只是这春雷提前于冬天发生，否极泰来，国家拨乱反正，普天同庆，人民欣喜。尤其是我最幸运，1978年初被破格提升为研究员，得到政府给知识分子的第一批（五人）特殊津贴（而且是最高额），见之报端。运铢是极勤于看报的人，经过多方比较考证核实，断定报上登载的曾庆存原来就是那个阳江"细仔"，他欣喜之极，到处奔走相告，消息达于故乡阳江，这就促成了1983年春阳江县政府邀请我参加恳谈会。

这次恳谈会，县政府、新中国成立前在县里冒死艰难奋斗的老革命和解放初即到我县支援工作的老干部，都以家人一样亲切慈祥平和的心态，接纳一个久别（实是从未见过面）的赤子的归来，使我非常感动，更增加了我对家乡的关心和感情。既慰藉了我日夜思乡思父母的乡恋之情，使我有机会寻到我那艰难苦苦撑持生活和无时不挂念儿子的父亲，给他以无法形容其微小然而又是无法表达其深重心情的一点安慰；也使一个不孝子能到母亲坟前跪拜并奉上花圈作为祭礼，洒下悲痛莫名的不孝子的热泪，几不能自持。我母亲一生极尽辛苦而于二年前早逝，而且实在也是葬无地啊。所有这一切，运铢哥一直陪着我，他的心情和我一样，事事触目惊心。他从广州开始，即陪我到阳江的全过程，包括往返。

  运铢父亲罗承烈先生是国民党统治时期全国第一批工程师协会会员（不到百位数的有证书的工程师），无论解放前、解放后对广东省以至阳江的交通、水利建设都功勋卓著，尤其是他是解放前后支援阳江解放和保证解放军南下解放海南的功臣技术人员（是"支前模范"或"功臣"，名称有待从档案馆核对），所以罗工尽管1952年后即调湛江区工作，但和阳江老革命、老干部很熟，很有感情，运铢也因父辈关系和他们很熟。运铢全程陪同我回阳江，给了我很大安慰和很大帮助。尤其是他陪我寻找玉沙村而访我家之事，我至今心存感激，难以形容。真想不到我父亲居住的竟是那样矮小的陋室（原来的土房因暴雨早已倒塌），除有一小板凳供我坐下和他对谈之外，并无可容第三个人插足之地，运铢和其他陪来者均只能站在门外。运铢是很动情的，当我父亲去世十周年之时，他在我父亲忌日，写了篇《记曾老伯》，登于阳江报上，记其事，其中还有不少我所不知的他对我父亲的情谊和帮助之事，当我读到时，泣不成声。这样的知心朋友、患难与共的同志，难得，难得，太难得！

  因为我自己没有什么贡献于故乡阳江，而蒙阳江政府和父老们这样亲切地接待，既惭愧，又感动，在离阳江前夕，心血凝成《敬酬阳江父老》四首诗。平明老革命曾传荣前辈特地前来送行，见到此四诗，曾传荣同志和雷启光、何明等老革命前辈竟共鸣赓和起来。一个后生小子得到这样的对待，也可算是阳江文化史上一段佳话。运铢自称不会写诗，但喜欢诗文，他促成了我对老革命的情谊，也更进一步加深了他和他父辈朋友们的交流和感情。很遗憾的是我没有机会见到运铢的父亲——一位集革命热情、工作认真，又对友如己、对人仁爱于一身的长者罗工。

1983年后，运铢转到广东省教育厅中学处当处长了，我也工作繁忙起来了，大家都经常出差，我有更多机会出差到广州和阳江，他常有机会出差到北京，于是除托飞鸿传书之外，可以较多地相会（无论广州或北京）。一会面必长谈，互相交流，甚至赤膊上阵弄炊作粲（尽管他和我都谈不上是会做饭之人），如此欢聚半天。特别是由我相陪去看望我那患重病的胞兄，他俩谈得更欢，使我胞兄很高兴。我尝有事于阳江，如在母校中学设立明耀庆丰奖学金和图书阅览室，他奔跑于各书市和出版社，弄到从剑桥百科全书，到中国通史以及各种有关中华文明文化和科学百科知识的全套，献给阳江一中和广东两阳中学。我父亲临终前重病住院时，他也陪我在阳江度过一段时间。至于我回阳江或出差广东时，他常陪我同往（甚至可以说是抛家出行陪我——他夫人燊芳姐身体不好，本是需要他时常在家的）。因为他1995年已退休，而在其任职中学处长时又勤于职守，跑遍了广东省所有的市、县甚至小镇和农村，调查了解情况（他很明了情况和政策，但绝少官僚气派，做事很平和，很慎重）。他对各地历史、地理、沿革、古迹、红史和民情十分熟悉，我也十分重视这些，我出差时他陪我同行对我无异于一个专门的向导，使我很受益，也给我们二人添了无限的乐趣。我懵懂中觉得沈三白说得有理，处今和平时期，不有所记，是辜负了时代对此生的赐予，于是从1999年起，我出差时便不疲于奔命了，有点时间就走到哪里，记到哪里，既奔忙，也增广自己知识。我常把关于我到而运铢未到过的广东省外的地方的几篇记文寄给他看,他也将自己写的一些送给我看,共享畅游祖国河山之乐。最难忘的是2013年冬我的出差任务完成后,和他冒雨同访梅关古道,并到南华古寺听准住持说六祖禅经。

  运铢身体强壮,既智识广博,又健谈。2014年秋我出差到广州,正拟约他作一日之闲的游览和清谈(因为出差并无太多空闲时间),打电话才知道他刚动完手术,无法行走,于是即到他家看望,他很乐观、顽强,使我稍为放心。谁料他病情急剧发展,待到年底(12月)我再出差广州时,他已住院靠输血输液维持生命。我赶到医院时,只见到他已肌肉几无,奄奄一息躺在病床上,闭着眼张着嘴巴,可是他的亲人告知他庆存来了,他的眼睛突然张开,大放光明,并伸手拉着我手,到他旁边,让人们一起拍照,这是太珍贵的一张照片了。后来他高烧退掉了,立即在2015年元旦凭几给我写了一封信,扫描给我,字迹歪扭,我既心酸,也很安慰,以为他逃过了一劫。我即写了信慰勉他,扫描传上。可是他退烧时间不长,很快又陷入险境,他苦苦地撑持着,直到2015年春节前不久辞世,他家人只是为运铢办丧事时才告知我。失此知己,我悲痛不已。我只能表达本文开头那段所述的心情,用诗来哀悼运铢哥了。

  人生有尽而情无限,纸短情长,纸怎能载得下这许多情呢?!唉。乱曰:

校园细仔好朋友,友爱忠诚贯到老。
冀北岭南同一心,风云变幻天知道。
许身报国热血腾,属意为民勤力做。
服从组织为师表,梦断清华谁可告。

调研执教不辞劳，踏遍青山行遍路。
过目不忘学百科，博览群书成嗜好。
坎坷坦途都历经，无怨无悔怀大度。
君是楷模又关情，我惭愚钝难以报。
忽闻兄魂已上天，弟诉衷肠兄听到？

曾庆存

2015 年 10 月于北京

## 注

李桑芳姐（罗运铢夫人）筹划在罗运铢哥逝世周年时编辑一本回忆和纪念的书，约我写稿，于是我就立即写了本稿寄去，以诉衷情。同时她给了我几篇运铢哥的遗文，今谨将其中一篇本已在《阳江日报》发表了的作为附录一。从此文可以更多地看到运铢哥对我家的深厚情谊和关心帮助。当我再看 2014 年 10 月我到她家中和 12 月到医院中看望运铢哥时和他的合照时，真是不堪回首，只能掩面长叹。但为了永远的纪念，今亦将合照附于本篇后。此外，本文中只引用了四句而非全部的那一诗以及另一首赠运铢哥的诗，今作为附录二。此外，作为附录三的是我 2000 年 7 月写的一首诗《通电话后感寄少年同学司徒恺医生》，是写记（写作并记录）另一位阳江中学同班同学司徒恺对我和我家的关怀帮助的事情。司徒恺也是我的大恩人和挚友，我在《忆故乡母校的师友们》一文中亦已提到他。

# 附录一　永远纪念曾明耀老伯

## 罗运铁

1946年秋,我考入阳江县中初中,与曾庆丰同班,甲班;庆存同时入县中,在乙班。当时一班年纪差不多的常玩在一起,先是玩废纸扎成的小纸球,进一步是用废胶条捆成的胶球,到后来与庆丰、合燊、应洽等共6人,集资买了个直径几公分的小橡皮球,晴天在篮球场上奔跑追逐,雨天也可在室内球台上挥拍推挡抽杀。"六友波"波友当年还照了一幅相,郑应洵保存有功,到80年代拿出给我翻拍珍藏至今。波即皮球的英语音。

当时功课可轻松对付,星期天休息,在县城附近同学常互相走动。玉沙村曾氏兄弟家是常到地方之一。初次认识曾老伯。既无软座沙发"请坐",也无高级茗茶"恭候",但是受到全家真正热情的欢迎。"带Cet(阳江话,即他们)到那边,那几坡(阳江话,几坡即几棵树)瓜子(阳江话,即果子)好熟(或好甜、好吃)。"曾氏兄弟引领,连小弟弟庆才(那时头脸较圆,眼睛比例也较大)也蹦跳奔走前后。记得多次在果园里爬上过杨桃树、番石榴树……,专拣熟的甜的吃,还到菜地里吃过生番茄,有时吃过后还带走几只,这也是老伯一番好意反复动员的。核心队伍有白云、合燊等,大家衣食基本无忧,嘻嘻哈哈,当时根本未体念老伯父子兄弟一家劳作艰辛,这是以后长期内心引以为歉的。

1952年庆丰庆存兄弟又同时双双考上北京读大学。全靠国家助学金,每年寒暑假不可能有旅费南返探家。直到 1957 年暑假，庆存在北京大学毕业后派赴苏联留学前，五年来才第一次南返探望父母亲人。我赴湛江探亲，同行到阳江，停留两天。到玉沙村时已是傍晚黄昏，老伯还在地里耕作未收工，庆存即刻除掉衣鞋赶到地里去。背心短裤，"赤膊上阵，原形毕露"，农家子弟本色不变。深夜，屋前空地，我坐在小凳子旁听了一段父子的深情对话。"你都读都拱（这么，阳江话）多年，做 mer（为啥，阳江话）还爱读拱久？"……"祖祯、祖祥都出来工作了，可以赚钱养家呀！"……"苏联有多远？又爱（要，阳江语）坐车啰！爱坐几日才到呀？"……"比北京还远，那边一定很冷啰！"……，农民见识不广，但老伯明白事理后变得胸怀宽广，长期忍受生活艰难，将两个儿子全部献给了国家的科学事业。

一晃二十年，1977 年 10 月底，在阳江召开全省中小学科学实验工作汇报会，我带肇庆地区各校代表出席。多年未回阳江，江城已很陌生了。10 月 29 日午睡时我偷空出来遛遛。行到南恩路与太傅路交界十字路口，突然下起阵雨来，只好躲到骑楼底下暂避。见一老人蹲在路边，旁边还有一担小盆花苗。"老伯，年岁这么大了，还担花出来卖呀？""係（是，广东方言）我自己种个，看看城里有乜人爱种，担出来看看有乜谁（谁人，什么人，广东方言）爱花苗。""很远路担出来吧？""冇几远，就在南郊玉沙村。"玉沙村？我脑筋一动："玉沙村，是不是姓曾的呀？""係啰！""玉沙村有两兄弟姓曾的都上了北京读大学，你听说过吧？""你讲个係庆丰、庆存，係我个仔呀！"顿时，彼此愕然，相互端详稍一会。"你係曾老伯？""你係运铼呀！"这一意外惊喜场面，连旁边避雨这时围观过来的人也大为感动。老人家记性好，还一一问到白云、合桀等（这也是我前述"核心队伍"依据之一，无此旁证我是不敢随便"拉人下水""拉人入伍"的）。雨停，下午还要按时开会，我到附近买点糖果饼干嘱老伯多多保重，就匆匆离开了。如此重逢，这是我生平罕有的奇缘巧遇之一。带队开会没时间再做个人活动，会后我即写信给庆丰庆存作了报道。

此后，到80年代，1983年2月，1985年3月，1986年3月，……庆存有多次机会，或应县邀请，或作为广东选出的全国人大代表南行视察，或出差到广东，顺便回阳江一行。我公私兼顾，差不多每次（1988年2月除外）应邀随行。初回到县城，领导要派车送庆存回玉沙村，庆存婉言多谢这番好意，认为不能在乡亲特别在老父面前摆这种威风，坚持悄悄步行，见人问路，穿街过巷回到家里。儿子已是国内外有崇高声誉的大科学家，老伯还长期屈居乡间一窄小陋室。跨进门槛一米处横挡一板壁，其后面铺床为卧室，其前一小矮桌，两旁各放一矮凳子。父子两人桌旁对谈时，县里陪送的同志只能站在门槛外。对不起，实在没有多余的立足之地或凳子可在门槛内招待客人贵宾了。又一次回去，在晚上，老人正在灯下整理在塘边洗净的葱。一面同庆存谈话，一面熟练地劈开竹篾捆扎葱把，说是明天一大早就要担到菜市去卖的。1983年2月那次庆存回来，软硬兼施将父亲接到北京，以便就近照顾其晚年生活，但仅仅过了卅多天又闹着要回来，回经广州时因等候庆才来接，和九江大雾停渡，在我处留住了几天，这使我停用数十年的阳江话又有了复习和大大发挥作用的机会。老伯不懂普通话，庆存上班后就无人交谈，是老人家不安心住北京的一主要原因。离开土地就不习惯，双手一闲就发痒，这也是一根本原因。一次我回阳江，到临走时老伯还专门选几棵小花苗给我带回广州，一再嘱咐如何种。我种在阳台花盆上，最初几年长势茂盛，后因常出差，照料不周，枯萎了。这也是一小小憾事。

1981年，庆存母亲去世。当时庆存正在美国无法赶回，留下深深的遗憾。1991年4月，曾老伯病重，庆存刚从日本回国，下飞机闻讯后，即于4月23日赶回阳江服侍老父住医院（据说是动用了科学院院部大印才买到当天机票）。从此一直在身边，从喂食到排便、从穿衣到推轮椅，时时事事细心照顾。这是1952年后40年来父子相处最长一段时间。到7月北京工作告急，父亲病情有些好转时，庆存才离阳江北上。医院医生尽职尽责、尽心尽力，政府有关部门帮助解决部分医药费，谭琼玉学姊尽力给予帮忙，庆存谈起，心中深怀感激之意。6月4日我回阳江到医院探望曾老伯，没想到这竟是最后一次见面。疏忽了没带相机给老伯留下张照片，我多次自责出了这样不可挽回的失误。

1991年10月31日，我在珠海一偏僻住处，入睡后深夜12时多，突被广州追踪转来的电话惊醒，告知曾老伯去世的噩耗。终夜不再成寐，即电阳江请刘峰代表吊唁致哀。

永远纪念曾明耀老伯。

2001年10月30日曾老伯逝世十周年

（2002年1月4日"阳江日报"发表时有小删改）

# 附录二　诗二首赠罗运铢同志

## 一

闻罗运铢同志"完成跨世纪治牙工程","武装到了牙齿",欣喜戏为诗以赠之（2001年）

梦断清华未觉痴，寂寥只有雀儿知。

服从组织为师表，披卷平生嗜读书。

同学是缘深义气，旅游有幸壮驱驰。

武装今日到牙齿，嚼饭犹能战腐儒。

## 二

**赠罗运铢同志（2003年）**

读万万卷书，行千万里路。

胸无半点尘，只把好事做。

注

此二诗载入拙诗集《风雨晴明》，于2009年由江西高校出版社出版。

诗一后附有"注",其内容大多见于本篇正文中,今删去。只补充一些说明如下:一是运铢哥服从组织安排作政治辅导员,和后来长期组织安排他在政务和教育方面任何一件,哪怕是帮工打杂之类的,他都全心全力认真地把它做好,绝不马虎,一以贯之。这样的人世间少有,确实是我们应该学习的榜样,是大家的"师表"。他处处事事为了帮别人忙,确实不遗余力,真心做好事,没有半点假意。诗二说他"胸无半点尘"绝不为过。又:他十分爱惜时间,抓住一切机会学习各方面的知识,而且过目不忘。积累知识之多、之广,可谓杂博且精到,大家都说他是"活字典",可见一斑。书中论述之正确与否,事实记载之真伪,他也了然于胸,"腐儒"之作是骗不了他的,我和他讨论时就常碰到这样的情况。如果连报纸、杂志、笔记等也看作书之列,他读的书肯定大大超过万卷。至于走路呢,他在广东省教育厅工作时,跑遍了全省所有市县的中学和职业学校作调研,其路程弯弯曲曲,从数字上说也无法计算清楚其里数;更不用说他退休后自费出游,壮驱于祖国西南西北和各地,以及国外亚、欧等各地,该又是多少里数!总之,以"千万里"形容之,也不为过。

## 附录三 通电话后感寄少年同学司徒恺医生

（2000年7月）

少年借帐借灯光，共砚共书读一窗。
我自纯真迷物理，君怀济世入医行。
奔腾远涉测风雨，静坐专思辨药方。
半纪贞诚头已白，犹通心电济贫寒。

注

这诗登于拙诗集《华夏钟情》（作家出版社，2002年）。读高中时，司徒恺同学与我同班。他身材较高，不属于个子小和年龄小的"细仔"，也与个子大和年岁较大的"大个佬"不同，他与"细仔"们较合得来，对我很亲近和关怀照顾。当时要一律住校，宿舍蚊虫较多，而我没有蚊帐，他就从家中拿来借给我，直到高中毕业。在阳江中学期间，晚间全班同学分四个组，在一个教室里分别在四个电灯泡下自习，他和我在同一个组。自习完后，当晚要取下灯泡藏好。一日我值班，因个子小，摘取灯泡时不小心而使灯泡掉到地上，次日他即从自己家里取来一灯泡还给班上。这些就是诗中第一、二句的实情。高中三年级下学期，我们班合并到广东两阳中学，毕业时，全班同学一块儿在教室温习和准备考大学。我们两人原都想学物理，这时一起钻研那些难度较大的数理习题。可是最后两周，他突然改变志愿，要学医学。他对我说，大意如下：你心静，宜钻研学问，学物理好；我多俗累，想早些工作为社会服务，想学医，济世。于是我考入北京大学物理系，他考入同济医学院（那时尚在上海，发榜时则已搬到武汉，改称武汉医学院）。我大学学的实是大气物理，又称为气象学。大学毕业后各干各的行业，诗中第三、五句写我，第四、六句写他。

司徒恺哥大学毕业，原分配在湖北省大城市里的大医院工作。后因要照顾家庭，大约在 1963 年他调回到故乡阳江县，在县人民医院任主治医师（全院最高，也许是唯一的），一切危重病情（不管内科、外科）和大部分"重要"病号都得由他负责。医务和人际关系都得处理，不像大城市里的正规大医院那样。他又是一个具真情直性的人，不会变通处理问题，于是经过两年他看到和亲自经受过的经验，自觉不胜任这样的主治医师的工作，请调整到较低的职位。但他想不到的是立刻被调离到较低级的相当于医疗室一级的医院（尽管也在县城）去工作。"塞翁失马，安知非福"，从此他脱离了"重任在身"的负担，而换得了可以省心而"无所顾虑"的轻松工作。

本来，当我们在两阳中学读书时，星期日必回家，司徒恺住城里，来回必须路过我家所在的玉沙村上社，他和我必同行。于是便和我双亲、四姐、四弟，甚至诸叔婶都很熟。自从他调离阳江县医院工作之后，他就经常到我家看望我双亲等亲人，并成为我家的志愿和义务"家庭医生"。使我得以安心在北京工作，而无后顾之忧。恺哥是我的大恩人。

特别是 1991 年我父亲重病住医院期间，恺哥几乎每天都有一段时间和我一起侍候照顾我父亲，并且研究讨论治疗方案（尽管他避开与主治医生的见面）。夏天后我回京，他就和我四弟一起照顾，直至我父亲临终的送别。他真如同我的亲哥哥。

我四姐也住城里，十分穷困，恺哥也常去看望她并给予帮助，待之如亲姐妹。2000 年我四姐眼睛几近失明，突然恺哥给我打来电话，我才得知，并讨论怎样帮助她治疗。这就是此诗最后的两句。可喜的是，不久后广东全省就实行对眼科的义医，派医疗队到各县各乡去，为白内障眼疾患者义务诊断和免费动手术治疗，恺哥就抓住这个机会，使我四姐眼睛得以恢复光明。

  此后一两年，很长时间我在病中，也没有听到恺哥打来电话。经向阳江询问，才知道恺哥已经驾鹤西去了。我痛失了这样一个仗义勇为、默默奉献、处处关心我的挚友，我也实在为他回报得太少了。遗憾也无能补救了，回首怅然。

罗运铢（右）和曾庆存（左）合影。
1978年摄于北京曾庆丰宿舍中

阳江中学高中时同学合影。
后排（左起）：司徒愷、曾庆存；前排（左起）：陈书鑫、苏增棣。
1964年夏，正好四人都有事回到故乡阳江

左起曾庆存、林耀棠（同校同学，阳江市市志办）、
罗运铢（同班同学，广东省教育厅中学处处长），
2011年11月于阳江市市志办合影

2011年11月在阳江气象中心的合照。
右起为罗运铢、林贤超（阳江市科技协会主席）、阮世林（阳江市气象局局长）、
曾庆存、林良勋（广东省气象局首席预报员）、曾琮（广东省气象局科技处处长）

2014年10月9日到罗运铢家中看望合影
（时罗运铢生病大手术后不久）

2014年12月下旬，到祈福新村附近医院探望罗运铢
右一为曾琮（当时为广东省气象局科技处处长，今副局长），
左一为林良勋（广东省气象局首席预报员）

# 为周晓平文选出版而写

## ——悼念我的同学和挚友周晓平同志

适逢周晓平同志八十华诞即将到来之际，他的同事们和学生们编辑出版《周晓平文选》，着重于暴雨数值预报与中小尺度天气动力学研究方面。这是很令人欣喜的大好事，因为这方面的研究工作十分重要，关系到国计民生，以及人民的生命安全，而晓平同志是我国这方面的主要奠基人和开拓者，他做了长期不懈和专注的研究，经验丰富，理论联系实际，常有深睿的独到见解，而又十分严肃、认真、谨慎，不苟于成文发表。故今结集出版，对后来者将会有很大裨益。王东海同志给我打来电话，告知我有关编辑出版之事，我当然十分高兴；他又要求我为该文集"写一篇东西"，我当然欣然允诺，且义不容辞。

见到赵思雄同志为该文选写的《前言》，我觉得写得很好，很全面，很中肯，已概括了晓平同志研究工作的精华和学术思想的特色，可以作为导读来看，已不必为此再赘一词了。那我可写什么"东西"呢？就写与晓平做学问密切相关的人格和学风吧，这既唤起晓平同志和我个人友谊的记忆，也可能让后来者有所感动。

## 为周晓平文选出版而写——悼念我的同学和挚友周晓平同志

晓平和我,从大学年代起就是至交好友。他稍年长于我,有良好的文化熏陶,见过大世面;我则生长于偏僻的山野村间,幼稚无知。他对我是兄长般的关怀、引导和帮助,他是我的恩人。在北大时晓平哥是团支部的领导干部,以身作则,带领同学提高觉悟,为祖国和人民的需要努力学习气象专业,使我班成为当时的模范班,使我班同学日后成为对祖国气象事业和科学研究尽心尽力、到老无怨无悔的忠诚工作者。我之所以至今仍习惯称同学和同行为"同志"而不改变,就是由于这个。因为我们都是为科学为工作,同事朋友间共事是志同道合的,没有邪念,私心不多。正是晓平哥培养和亲自做介绍人介绍我参加新民主主义青年团(今称共青团),使我思想觉悟进步。大学毕业后,我俩通过考试先后被录取并被派往苏联留学,师从共同的导师——列宁格勒和莫斯科气象学派的创立者之一,通信院士基别尔。他学对流动力学和相关的数值模拟研究,我学大尺度运动的动力学和短期数值天气预报。二人同行早出晚归,平常相互交流讨论,欲尽通导师之学。又于赫鲁晓夫反华之际,先后回国,在同一研究所里工作。我们都是埋头科研,淡泊名利,几乎不写论文。与人交往,都是唯真唯信,不伪不欺。无论在国外还是回国后,我俩私交甚笃。我的衣着不入时,生活单调刻板,私下里他常笑话我"迂腐",而他则是秀才气十足,待人处事,不加一丝遮掩,私下里我常指他为"书生"。1963年上半年,掀起"比学赶帮"运动("比先进,学先进,赶先进,帮后进"的社会主义建设运动的简称),表扬和发扬个人优点,帮助后进克服缺点和困难,共同昂首前进。当时我在病中,虽未能参加会议,但受此热潮感动,写下一诗给晓平:

**同学一首赠周晓平同志**

年少来京住燕农，明灯指路识东风。

无忧共泛昆明水，有志齐攻气象宫。

箕伯班门天雪漫，莫城灯火夜晨通。

乌云罩地东归国，热血中华起巨龙。

关于此诗的详情可见拙诗集《华夏钟情》。这里只需说明，透过此诗如实地通过历史事件表现出晓平同志的人品、志气和当时我们的心声。入北大之初，正是教务主任报告动员我们服从国家需要学气象专业，国家为我们准备了一切条件，"万事俱备，只欠东风"，"东风"就是要努力学习。于是同学们学习热情高涨，努力学习气象学。暑假常到颐和园昆明湖游泳或泛舟，无忧无虑。在莫斯科留学时，我们要蹒跚于郊外过膝的雪地，步行一两公里以上，才能到研究所去见导师（诗中以风神"箕伯"别译基别尔院士）。为做数值计算，我们得通宵达旦准备和工作，当时计算机不发达，上机要排队，机时也很少，一周只一小时，且安排在子夜时刻。计算要一次完成，不能出错，然后立即分析，常是彻夜灯火通明地工作。我让给我们的师兄先用，晓平哥又得再让给我先用，这不免也影响到他的研究工作进度。后来回国后，我们又是多么热血沸腾，盼望中华巨龙早日飞舞长天啊！这些往事，每当回忆起来时，至今仍热血沸腾，久久不能平静。

二十世纪八十年代初，我们又到"西天"（是美国，不是印度）取经。归来后，要振兴中华大气科学，赶上世界先进水平的愿望和决心更加强烈。1984年，我受命当所长，我无德无能无经验，内心大有担当不起之虑，思来想去，还是觉得以老实人办老实事为好，于是恳邀晓平哥"入阁"，共同"主政"，他欣然屈尊作为副所长襄办科研业务和国际合作事务，尽心尽力。时至今日，我们都可以问心无愧地说，我们的班子合作得很好，全所同仁也很支持，为大气物理研究所的发展尽了义务和力量。晓平哥也会为此欣慰，不光只为暴雨数值预报和中小尺度天气动力学研究的成就而已。

谈到学风，我以为这是做学问和办科学事业最重要的问题。我们生长于抗日战争、解放战争、抗美援朝以及后来突破帝国主义围困而艰难进行建设的时期，就学于名校北大，取经于"东方"（苏联）和"西天"（美国），工作于祖国逐步崛起的年代，是历史时代造就了我国这几辈"知识分子"之魂，做取经强国济世之梦。就以气象学和大气科学来说，从以竺可桢、李宪之为代表的一代，到以赵九章、涂长望为代表的一代，再到以叶笃正、谢义炳、顾震潮、陶诗言、程纯枢、高由禧、谢光道、黄仕松等为代表的一代，他们学贯中西，都以爱国、科学、实事求是、理论联系实际、认识和解决中国与东亚的气象学问题为己任，将这种精神、思想方法和学风一代代传承发扬，极大地感染了我们这一代。在北大谢义炳教授旗帜鲜明地告诉我们，要学习外国的正确有用的精华，不为外国个别学说所囿，要通透中国和东亚气象的特点，敢于创造，形成中国（或东亚）学派。叶笃正等大师也有大概相同的说法，教导我们这一代。从本文选中可以清楚地看到前代的教诲感人之深，可以清楚看到我们这一代是努力传承这种学风的。无论晓平和我，以及我们这一代人，也是身体力行，希望这种精神和学风得以传承不衰。由于时代的限制，也由于我们努力不够，未能达到先辈的期望，深以为愧，寄希望于当代的青年，寄希望于将来的所有青年。

曾庆存<br>二〇一三年十二月

**注**

2013年底，为庆祝周晓平同志八十大寿，中国科学院大气物理研究所以研究中小尺度大气动力学和暴雨等灾害天气为主的研究室筹划出版《暴雨数值预报与中小尺度天气动力学研究——周晓平文选》（后由科学出版社出版），由他的学生王东海博士传话，邀我为该文选写一篇序言之类的"东西"，于是我写了，就是这篇，只是这次我将标题后面加上破折号及其后的一行。

无论大学学习、留苏学习，以至在研究所做科学研究工作和做组织工作，晓平都是我的至交好友和真诚共事的同志。他也是我的恩人。我们生活、为人处世，也都带点"迂"气。这些，以及当时的时代潮流的影响和国家发展命运的需要，都深深在晓平和我以至这代读书人身上打下了深深的烙印。本文虽短，但于这些都——以深情的事例加以记载陈述了，不需再多说了。我和晓平是挚友，且真诚相待，发现错误和缺点，常当面相互认真规劝。大学时我们班是模范班，同学间的关系就已养成这样的风气。下面再附录上这篇文稿写就后，我给晓平写的二短信，以及我俩1961年初在列宁格勒参加庆祝"苏联水文气象局成立40周年"的学术会议期间两人的合照。

晓平也有深厚的中华传统文化的情怀。他很孝顺，虽然他患有危疾，在刚动过大手术后不久，依然努力为庆祝他父亲110岁生日寿辰而操劳。不幸在大喜日前一天（2015年1月22日凌晨），因劳累过度，突发大出血而逝，令人仰天长叹。

## 附录一　给周晓平同志的信（一）

**晓平哥：**

　　谦虚是美德，但你这份"自述"过于谦虚，甚至是"自污"，不见得好。我等这样年纪，淡定隐退，是自然的，于己于社会都有好处。有些暮气，也在情理之中，无可厚非。不过，社会总是进步的，后代应该有所作为，应该向上，努力完成他们这一代的历史任务，所以应该鼓励他们奋进。我以为，以我们的暮气来感染他们，似乎不合适，所以我为你所写的改动了一点，不知你可同意？另外，我还诚恳希望你把全篇的气氛再做些修改，改得积极些，以符合历史的实际。你再回看，你我在列宁格勒的合照，西风吹拂，神采飞扬，是何等意气风发！

　　东海要我为此文选的出版写点东西，我写了（见另篇），也请你过目，看有无不妥不实之处，也请改正。

弟　庆存上<br>2013 年 12 月 5 日

**注**

　　晓平哥很诚恳地采纳了我的意见，该修改后的"自述"载于《暴雨数值预报与中小尺度天气动力学研究——周晓平文选》，北京，科学出版社，2013 年 12 月。

# 附录二  给周晓平同志的信（二）

**晓平哥：**

　　信和 e-mail 收悉。我也激动不已！

　　你从善如流，我也很感动。我只改正一字，是印象，不是映象，今返回，"印"用绿字。看来，无论什么年纪，还是气可鼓而不可泄，人有一口气，以奋勇向上为好。得知你也有病，让我们共勉，战胜病魔，光明在望！（我1996—2006 大病十年，2007—2011 伴生重病终殁。当时也只得顽强奋斗。当然，同志们的关心和帮助也是至关重要的）。

　　我写的"东西"，拟遵嘱删去"战士"，保留"恩人"，因是我遵从内心。好吗？"东西"是一时急就，未暇看一下即由王东海取走。今觉得其中颇有错字，可我没有他的电话，烦你电话或 e-mail 告诉他，将电子版传来给我（zqc@mail.iap.ac.cn）。今天上午我尚在办公室，可修改。

　　多多保重！

弟 庆存上<br>
2013 年 12 月 6 日

# 附录三

**新闻：** 物理系 1952 级校友曾庆存院士在北京大学 2021 年研究生毕业典礼上的发言（"北大物理人"网，2021 年 7 月 15 日 16：00）

各位领导、各位老师、各位同学：

早上好！

在这个庄重庆祝中国共产党成立 100 周年的欢欣日子里，今天能有机会来到"红色摇篮"——北京大学参加研究生毕业典礼，我感到十分荣幸，也非常高兴。谨热烈祝贺同学们从我们的母校——有着光辉历史的名校北京大学毕业，授予了学位。

你们在学校里受到了最好的教育，打好了做人和做学问的基础，现即将走上职业岗位，进一步立德立业，为祖国、为社会、为人民服务。相信大家一定豪情满怀，一定能够大展宏图，为国家更加富强，为祖国人民更加幸福，为中华民族对世界文明和公平、社会进步和发展，作出自己应有的贡献。

北京大学也是我亲爱的母校，正是母校的爱国奉献、文明进步和严谨治学的学风，名师的谆谆教导和严格指导，还有同学们亲切友爱的切磋砥砺，把我这个穷苦农村长大的孩子，教育成能够为科研做点事的职业人员，多少为人民、为科学做了一点添砖加瓦的工作。

回想起新中国成立后不久，当时百废待兴，国家建设发展非常艰难，国内外环境都十分险恶，正是我们伟大的中国共产党，在以毛主席为首的坚强领导下，以大无畏的精神，方向明、决心大，抗美援朝，打垮美帝国主义；医治好国内战争创伤、恢复国民经济；1952年秋制定出国民经济建设的第一个五年计划，全国人民热火朝天。也正是在这时候，国家调整和扩大了高等教育规模，要大量培养国家建设人才，号召我们报考大学。于是像我这样从未梦想过读大学的人，就敢不知天高地厚地从边远地区（相对北京而言）报考顶尖的名校——北京大学，而且居然考取了，那种高兴不言而喻。

1952年11月，我们集体乘坐火车，无限欢快地飞奔赶到北京，说是飞奔，其实是坐了三天两夜的火车。来到了当时的北大新校舍——未名湖校区。那时校园还没完全建好，我们新生都住在体育馆里，男同学住在未名湖旁的体育馆里，女同学住在燕东园附近的体育馆里。当时，我们亲爱的母校以博大的胸怀欢迎我们这些懵懂的无知学子。来自祖国各地，从内地到边疆，包括各民族的青年都来了。我们汇集在一起，如饥似渴地接受了学校老师们的教育，德智体全面发展。记得我们学习的必修课程，除各系各科的专业知识外，还有共同的必修课，例如中国新民主主义革命史、唯物辩证主义（或者说马克思主义）、政治经济学等，还有随时而遇的爱国主义教育讲座，比如说抗美援朝、第一个五年经济建设规划、社会主义改造高潮等等。我们都努力参加，这些课程确实非常有好处，可以说对我们日后发挥正能量受用一生。当然，专业课程培养了我们工作、为国为民的具体本领，这是不言而喻的。

我们那时对学科和专业是不够了解的。为此，学校特别安排了专业教育讲座，为我们答疑解惑，特别是国家最需要的是哪些人才，科学发展遇到的新问题是什么，……都给我们讲解。例如我考入物理系时，不知道里面还有气象专业。当时气象科学还很落后，勉强称得上一门科学，亟待发展。可是气象预报对抗美援朝、国防军事、农业建设、防洪减灾、保证人民生命安全，都至关重要，必须要有足够数量的有志之士和专业队伍去垦荒，去"泄露天机"，即预报天气，这非常不容易。北大物理系当时选了一百名新生学习气象专业的气象学科，我也在其中。纵使我们原本是慕核物理之名而来，想像氢弹一样"绽放光芒"，但国家需要气象专业人才，我们就学下去，钻进去。同学们精诚团结，组成几个学习互助组，相互切磋砥砺，"保证每一个人不掉队"，这是我们的口号。我就是这样，在北大学习时打下了专业基础。毕业参加工作后，我们为了能够和世界同步，硬是把气象科学，现在叫大气科学，变成为当今的先进科学，做到"数理化武装到牙齿"。与此同时，超级计算机的发展使得数值天气预报成为可能，但因其复杂性，能否做数值天气预报，也是超级计算机性能的"考核指标"之一。我国的遥感气象卫星和全球数值天气预报，已变成了当今世界气象组织每天每时每刻发布信息之一，能够为全世界服务，这个应该是我们觉得很高兴的事。当然这只是我们做出的小贡献，更大的贡献是北大培养了一大批为共和国做出杰出贡献的老师和学生，比如说"两弹一星"，里面有好几位都是北大的老师和校友。除了"数理化、天地生"，在社会科学、经济科学，包括治国安民方面，我们北大也培养了许多杰出的人才，虽然大多不见得都获得了嘉奖和宣传，但是他们做的都是祖国非常需要的，而且做到了最好，他们也像氢弹一样发出了耀眼的光辉。做好人，默默奉献，这是我们做事、做研究和搞科学的道德，我们北大的传统是非常好的。

现在时代进步了，我们的祖国已经由站起来、富起来，到现在强大起来了。同学们就要毕业和参加工作了，相信同学们在北大受到的良好教育和科学专业基础之上，一定能在中国共产党领导下，发扬北大光荣传统，不负时代，不负韶华，胸怀祖国，放眼全球，敢想敢干，引领世界风骚。我相信你们能够做到响应习主席的号召，为实现我国第二个百年目标而努力奋斗，到新中国成立100周年时建成富强、民主、文明、和谐、美丽的社会主义现代化强国。

谢谢大家！

## 注

我在发言中讲了北大的优秀传统,讲了物理系气象专业(包括专修科)的同学服从国家安排努力学习气象科学,以便毕业后服务于我国气象科学研究和气象事业。确实,我们同学之间的互助友爱是十分淳真的,共同提高,共同前进,保证不让一个人掉队。这种情谊是很感人的,而且一直延续至今。毕业后,自1992年起,以十周年为单位,每逢入学和毕业的年份,同学们都从各地来京聚会,还请了老师来参加;由一些同学轮流做东,管食、宿,畅叙友情。今谨录1992年10月第一次聚会时我在会上献上的一首诗:

> 排律一首赠诸同学(1992年10月)
> 荏苒光阴四十年,如烟往事织成篇。
> 峥嵘岁月有波折,蓬勃科坛径直前。
> 大气高深涵海陆,空间广阔遂星船。
> 预知旱涝方三月,遥测风云上九天。
> 播雨雪挥神话手,治环境执世间鞭。
> 远瞻一派欣争奋,搔首多丝暗互怜。
> 痛悼同窗三作古,急培新秀继先贤。
> 诸君珍摄勤修炼,十载再逢气浩然。

该诗载于拙诗集《华夏钟情》,作家出版社,2002年,原注是:同学聚会,庆祝考入北京大学就读40周年,赋此以赠诸同学。我班同学,毕业后从事天气预报、气候预测、大气动力学、大气物理、农业气象、卫星遥感、人工影响天气、大气污染扩散、环境治理等,均有所建树。今已可在三月份做夏季(六、七、八月)雨量距平之气候预测;而播云化雨,已可人为,并非神话。只可惜我班同学已有三人作古,余者宜多保重。

**补注**

这最早作古的三人中，第一个就是丁行友同学，大学毕业后他参加中国登山队集训。作为攀登珠穆朗玛峰之前的集训和预演，1957年上半年攀登了四川的贡嘎山，可是遇大雪崩，丁行友牺牲了。全班同学齐集北京举行了追悼会。第二个是方位东同学，在青海省工作，走夜路时迷途失踪，被找到时已牺牲，大约是上世纪五十年代末至六十年代初。第三个是李麦村同学，他和我同属湖广地区人，习惯于打赤脚。毕业后他分配到中国科学院地球物理和气象研究所（今大气物理研究所），长期主要是协助叶笃正先生工作。后来我也分配到该所工作，也跟叶先生学习，于是两人有许多共同研究的问题，常在一块讨论，形成一些共同的认识。1982年他到美国麻省理工学院（芝加哥学派的分中心之一）作为访问学者，他颇有所得，学术上中外贯通。谁料年底他竟得了危急的恶疾，就决定尽快回国治疗。1983年初在北医三院留医，可是已经太晚了，病情迅速恶化。叶先生约我一同去探视他，他已处于昏迷状态，过两天他就驾鹤西去了。叶先生和我都非常难过，非常遗憾。在他逝世周月之日，我以十分难过的心情独自到他家中灵堂献诗致祭，诗如下：

赤脚无忧共北来，切磋同席砚同台。
如何君正荣归日，我为科坛哭俊才。

他的科学研究成果，除和叶先生合作的已经发表外，都还是未发表甚至未最终完稿的。在1984年底的所学术年会上我作了一个报告，对他的研究成果做了总的概略性的梳理。后又邀约了几个同事对他这些工作进一步整理，欣喜得以成篇发表，抢救了这些科学著作，我心中得以卸下重荷，否则无以对亲密的亡友。

周晓平先生
（1934年4月30日—2015年1月22日）

留苏期间与挚友周晓平（左）合影，摄于1961年春于列宁格勒